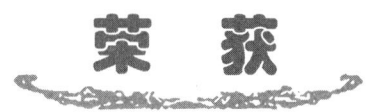

新闻出版总署优秀畅销书奖
全国优秀古籍图书普及读物奖
第十七届山西省优秀图书一等奖
第二届山西出版政府奖
山西出版集团2008年度十种好书

全套藏书累计销售500万册

诸子百家卷

《诗经》《尚书》《礼记》《楚辞》《论语·大学·中庸》《孟子》
《老子》《庄子》《荀子》《韩非子》《孙子兵法·尉缭子·鬼谷子》
《墨子》《周易》《山海经》《吕氏春秋》《三十六计》

名家选集卷

《三曹诗集》《陶渊明集》《王勃集》《王维集》《孟浩然集》
《高适集》《岑参集》《李白集》《杜甫集》《白居易集》
《刘禹锡集》《元稹集》《李商隐集》《李贺集》《杜牧集》
《韩愈集》《柳宗元集》《李煜集》《欧阳修集》《王安石集》
《苏轼集》《黄庭坚集》《柳永集》《秦观集》《周邦彦集》
《李清照集》《辛弃疾集》《陆游集》《范成大集》《杨万里集》
《姜夔集》《文天祥集》《元好问集》《唐寅集》《张岱集》
《三袁集》《李贽集》《傅山集》《纳兰性德集》《袁枚集》
《郑板桥集》《龚自珍集》

史著选集卷

《左传》《国语》《战国策》《史记》《汉书》《后汉书》《三国志》
《资治通鉴》

综合选集卷

《唐诗三百首》《宋词三百首》《元曲三百首》《千家诗》《古文观止》
《汉魏六朝小赋骈文选》《唐宋八大家文选》《明清小品文选》

笔记杂著卷

《蒙学六种——三字经·百家姓·千字文·增广贤文·幼学琼林·格言联璧》
《颜氏家训·朱子家训》《世说新语》《金刚经·坛经·心经·地藏经》
《曾国藩家书》《菜根谭·小窗幽记·幽梦影》《浮生六记》《闲情偶寄》
《近思录》《徐霞客游记》《古代书信精选》

戏曲小说卷

《元杂剧精选》《西厢记》《牡丹亭》《长生殿》《桃花扇》《今古奇观》
《三国演义》《水浒传》《西游记》《红楼梦》《聊斋志异》《儒林外史》
《封神演义》《话本小说选》《文言小说选》

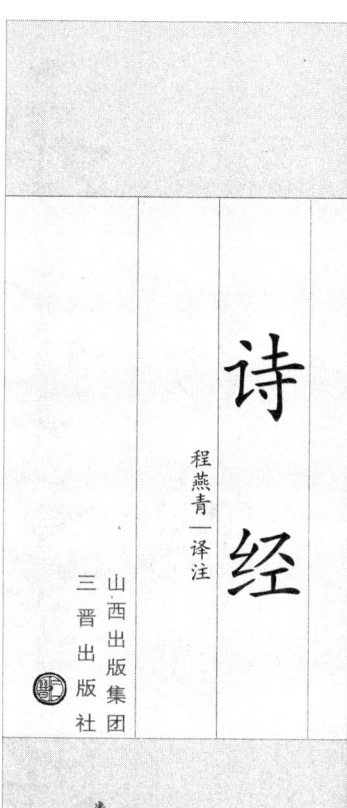

中国家庭基本藏书 诸子百家卷

诗经

程燕青 译注

山西出版集团
三晋出版社

博学工作室

高文典籍
傳家瑰寶
藏用同功
永垂華藻

張頷

· 著名考古学家、古文字学家张颔先生为《中国家庭基本藏书》题词

前言

为了及时地给国内文化家庭提供一套基本的传统文化经典读本,并作为收藏之用,我们特地策划制作了这套《中国家庭基本藏书》。

本册《诗经》,在中华民族的文化史上,既有经典的神圣地位,又有文学的崇高价值。因此,它特别引人注目,成了两千多年来学者们研究的一个热点。汉代主要有齐、鲁、韩、毛四家传诗和郑玄的《笺》;唐代出现了孔颖达的《正义》;宋代出现了朱熹的《诗集传》;到了清代,治诗者更是名家迭出,姚际恒、陈启源、马瑞辰堪称其中的大家。世纪之交,刘毓庆教授的《诗经图注》堪称《诗经》诠释史上的一部力作。本书精选《诗经》128首,诗后的译注,主要参考了以上名家的名著,尤其是以刘毓庆教授多年的研究成果为基础。其体例如下:

一、题目

二、题解

简要介绍诗篇的写作背景和

内容特点,以及它在文学史上的影响。

三、原诗

以朱熹的《诗集传》(中华书局1958年7月版)为底本,参校其他版本。

四、注释

①运用标准的现代汉语简注方法。

②注释范围为不易明白的人名、地名、专用名词,以及重要的实词、虚词。

五、诗意

采用现代汉语白话意译,力求通俗易懂,生动易读,很少直译。诗意保留了原诗的基本语言结构,语句中的关键词、语气词均已相应译出。

此外,还附录有《诗经》的名言警句(正文中用着重号标注)、主要版本和重要研究著述,以方便广大读者。书中谬误之处,恳请方家指正。

译注者
2008年4月

《诗经》其书(代序)

姚奠中

夏商两代实际上没有保存下什么诗歌作品,但到了周代,却一下子给我们留下了三百零五篇诗,也就是汉代称之为《诗经》的一部书,真是非常值得庆幸的。这部书是从周代初年到春秋中叶(约前1134年—前597年)近六百年的诗歌总集。它从多方面反映了西周盛世、衰亡,东周解体,列国争强,各历史阶段的社会现实,也从多方面取得了艺术成就。

《诗经》的编者,汉人说是孔子,但没有确据,不可信。编排次序是,先"风"次"雅"后"颂"。"雅"又分为"大雅"、"小雅"。而"风、雅、颂"的解释,汉以来有不少穿凿附会,不必管它,只有从音乐角度来解释"风、雅、颂",才可能是接近实际的。

"风",是音调的别名。《吕氏春秋》所说涂山氏作"南音"和《左传》上所说"南风不竞"的"南风",就是一回事。《左传·成公九年》说楚囚钟仪鼓琴"操南音",而范文子说他

"乐操土风",可见"风"就是"音"。所以《诗经》中:邶、鄘、卫、王、郑、齐、魏、唐、秦、陈、桧、曹、豳的风,就指用这十三个地区的音调所写所唱的歌子。这些地名,只指地区,不是指国,像邶、鄘、卫三风,都是卫国的;魏、唐二风是晋国的;王,是周王所在地区,也不能称为国;豳,是周代祖先发祥的地方,也不存在国的问题。至于"周南"、"召南",是"南音",即南方调,指的是当时湖北一带的音调。可能是和周公有关或周公采集的,就叫"周南";和召公有关或召公采集的,就叫"召南"。所以一般把"风"部分诗叫"十五国风"是不正确的。但习惯上叫十五国风,而实际上是十五个地区,现在我们称十五国风是个习惯,虽不正确但也可以。

"雅"是"秦声"、"秦音"。"雅"在《说文》上和"鸦"同字。古音、义也和乌全同。李斯《谏逐客书》说:"歌呼乌乌快耳者,真秦之声也。"杨恽《报孙会宗书》说:"家本秦也,能为秦声……仰天拊缶而呼乌乌。"可见"秦声"的特点,是以"乌"(a)这个元音为基调的。秦所占的,就是周的故地,所以"秦声"就是周都的音调。因此,用这种音调作的诗歌,就可以称为"乌",也就是"雅"了。"雅"既是周都的音调,对四方来说,是最标准的。所以雅字可以解为正。后来的"雅乐"、"雅言"、"文雅",都是从这里引申的。"雅"诗分为"大雅"、"小雅",这是由于应用场所不同之故。"大雅"用于重大的宴会典礼(飨礼),"小雅"用于日常生活饮宴(燕礼)。场合不同,所用的乐器自然有所不同。

"颂"诗的颂字,原来是容貌的容的本字。容貌是面容,引申为仪容、舞容。"风"、"雅"诗,可以配合音乐、舞蹈,而"颂"诗更是以和乐舞结合为特点的。由于"颂"是用于祭祀大典,故以歌功颂德为基本内容。对此,清代阮元的《释颂》,有较好说明。

所以,"风"是从各地方收来的,民歌占主要地位,当然也包括贵族们用这种调子写的诗在内;"雅"是宫廷的乐歌,以贵族们创作为主,但也吸收了一些民间的歌词;"颂"是纯粹的朝廷的东西,仅具有一些史料的价值。从《诗经》的总的价值来看:"风"最重要,数量最多,占三百零五篇中的一半以上(160篇),但不能笼统地说都是民歌,"雅"次之(105篇),"颂"最少(40篇)。从创作的先后来说:"颂"最早(除鲁颂),"雅"次之,"风"一部分很早,多数很晚。诗的作者,最早的应是周公姬旦,但不能确证;召公姬奭,也难指实。从诗中能看出可信的只有"雅"中的家父、寺人孟子和尹吉甫;"风"中的许穆夫人等少数人。其馀都已不可考了。

《诗经》中的"颂"和"雅"

自从生机勃勃的周氏族取代了腐朽的殷商统治后,建立了更为强大的奴隶制王朝,使经济和文化都得到了空前的发展,而这些成就他们认为要归功于"天恩祖德"。于是,大量颂歌便出现了,主要创作于武、成、康、昭四代。他们尊天敬祖,继承着"巫术"的传统,在严肃的乐曲、稳重的舞蹈中,虔诚地唱着"维天之命,于穆不已"一类赞歌,而这种公式化的枯燥的歌子,便是后来两千多年各封建王朝郊庙祭歌的典范。于文学上,是不可能有多少价值的。只有像《噫嘻》、《丰年》、《载芟》、《良耜》等篇为了"祈谷"或"酬神"等有关农牧的歌子,还反映了一些奴隶制生产关系的现实。

"雅"与西周相始终,实分前后两期。昭王、穆王以前的诗,旧称为"正雅",昭、穆以后的诗,旧称为"变雅"。前者是宫廷作品,以宴会、田猎为主要内容;而其中几篇歌颂先世祖先的,可以称为英雄史诗,是其中最值得重视的篇什。让我们先看贵族生活的诗,如:

呦呦鹿鸣,食野之苹。我有嘉宾,鼓瑟吹笙。　(《小雅·鹿鸣》)
有酒湑我,无酒酤我。坎坎鼓我,蹲蹲舞我!　(《小雅·伐木》)
既醉以酒,既饱以德。君子万年,介尔景福!　(《大雅·既醉》)

这种以饮宴为基本中心的欢乐的气氛,反映着统治者很高的物质文化生活,其中也隐藏着奴隶们的无尽的血泪;但从"颂"的宗教歌,到"雅"的宫廷歌,却也有从神向人转化的新因素。"大雅"中的史诗《生民》、《公刘》、《绵》以及《皇矣》、《大明》等篇,写出了一部周族的发展史。《生民》记述周族始祖后稷的故事,先写了他的出世,接着再写他在农业上创造的成绩,最后写到对上帝的祭祀。古书上记载这个农业伟人的,再没有比这篇更具体的了。《公刘》叙述周发展中期的英雄首领公刘,开辟豳地的事迹;《绵》叙述古公亶父(太王)由豳迁岐,建立国家到文王兴起的事迹;《皇矣》写文王伐崇等事,《大明》写文、武之生到牧野之师……这些诗篇幅长,故事集中,是纪事也是歌颂,纪事中饱含着赞颂的激情。

属于后期"变雅"中的政治讽喻诗,是西周后期贵族诗歌的优秀部分。这期间以厉王、幽王为代表的最高统治者,昏聩、残暴、腐朽、荒淫,引起了被压迫阶级的普遍反抗,厉王的被流放,幽王的被杀,就是这种反抗的直接结果。政治黑暗,国危民困,促成了统治阶级内部的矛盾和分化。一些不得势、受排挤打击的忧国忧民的贵族,为了抒发自己的痛苦、忧虑和愤慨,写出了一些思想性、斗争性较强的诗篇:《小雅》中的《节南山》、《正月》、《十月之交》、《雨无正》……《大雅》中的《民劳》、《板》、《荡》、《瞻卬》、《召旻》等篇都是代表。以《节南山》为例,作者一开始写道:

　　节彼南山,(那个高峻的南山,)
　　维石岩岩。(石头高高地竖起。)
　　赫赫师尹,(你这威风的掌权者,)
　　民具尔瞻!(大家都在瞧着你!)

接着便列举这个掌权者,如何不管国家危险的现实,如何因不公正而造成混乱,又如何推诿责任,使用小人,于是,他喊道:

　　不吊昊天,(不慈悲的老天,)
　　乱靡有定,(祸乱无法平定,)
　　式月斯生!(反随着日月增长!)
　　俾民不宁,(使人民不得安宁,)
　　忧心如酲。(使我忧愁得像害酒病。)
　　谁秉国成?(谁掌握着国家权柄?)
　　不自为政,(自己不亲行政令,)
　　卒劳百姓!(以致苦害百姓!)

最后指出,这个骄恣任性,不听好话的"师尹",就是祸乱的罪魁祸首。这篇六十四行的长诗,是自称为"家父"的作品。他当然是贵族中的一员。其他像《小雅·北山》的反对压迫,《大雅·瞻卬》的反对掠夺,问题就提得更加尖锐。所以这部分诗,是贵族作品中最值得重视的佳作。另外反映宣王"中兴"时期的人和事的一些诗,以署名为尹吉甫的《崧高》、《烝民》为代表,也达到较高的水平。

《诗经》中的"风"

"风"标志着诗歌由宗庙到朝廷到社会的发展,是《诗经》中的精华所在。其中有生动的情歌,如《郑风·萚兮》:

　　萚兮萚兮,(落叶呀落叶,)
　　风其吹女;(风儿把你吹落;)

叔兮伯兮,(弟弟呀哥哥,)
倡予和女!(你唱我来和!)

这是情歌对唱的开端,生活气息很浓厚。再像《郑风·山有扶苏》:

山有扶苏,(山上有苏木,)
隰有荷花;(水里有荷花;)
不见子都,(没看见漂亮的子都,)
乃见狂且!(却看见你这傻瓜!)

随口编出,嘲弄对方,情趣如见。还有像《邶风·静女》中"爱而不见,搔首踟蹰"所表现的焦急,《郑风·子衿》中"纵我不往,子宁不嗣音"所表现的埋怨,都写得十分真切。至于像《鄘风·柏舟》中"之死矢靡他!母也天只,不谅人只"那样坚定的誓言;《召南·行露》中"虽速我讼,亦不女从"那样反抗被迫婚姻的呼声,更表现了青年们高尚的情操。

"风"诗中有大量的反徭役、反战争的作品,在西周初期就已出现了,《豳风》中的《破斧》、《东山》,就是代表。从厉、幽到东周,这一问题,更加严重。见于作品的,像《卫风·伯兮》、《王风·君子于役》、《唐风·鸨羽》、《魏风·陟岵》和《邶风·击鼓》之类,从各个侧面反映了人民的痛苦和不满,而收入《小雅》的《何草不黄》写得尤其真挚。试举《陟岵》为例:

陟彼岵兮,(上了那个山崖啊,)
瞻望父兮。(想着我的爹呀。)
父曰:"嗟,予子!(爹说:"唉,我的儿子!)
行役夙夜无已。(这次劳役早晚难得休息。)
上慎旃哉!(千万小心呀!)
犹来无止!"(能回来就不要犹豫!")

用征夫回忆父亲临别嘱咐的话,以表达他深切的痛苦,十分感人。而《豳风·东山》和《小雅·采薇》一样,更是这类诗的长篇名著。

"风"诗中反压迫反剥削的诗,为数也不算少。它接触到了当时现实的本质,意义更为重大。像《豳风·七月》中,发出一连串苦难声音,读起来,如在耳边。长期的苦难,逼着人们走向反抗,那就是《魏风》中有名的《伐檀》、《硕鼠》一类诗产生的社会基础。《伐檀》指责剥削者"不稼不穑"、"不狩不猎",而《硕鼠》则喊着"逝将去女,适彼乐土"!用逃亡来作消极反抗了。显然这已到了起义的边沿，如有一把火，便会造成燎原之势的。其他，像写家庭问题的《邶风·谷风》、《卫风·氓》，反对人殉的《秦风·黄鸟》等，都是有意义的难得的好作品。

《诗经》的写作艺术

汉代人把《诗经》的写作方法，总结为：赋、比、兴。赋，直叙式；比，比喻式；兴，联想式。其实，这几种方法的使用，常常交错在一起，很难截然分开。从上举各篇的例子中，就可以深深地感到，不需讲述。概括地说《诗经》的艺术特点，主要在于：大量的形象化的语言，结合着极为丰富的词汇（鸟、兽、草木之名多达二百五十种）。大量使用各式各样语气词和不拘格式的叶韵，使它在抒情、叙事以至说理上，都达到了纯熟的程度，至今尚有不少值得吸取的地方。《诗经》是以"四言"即四字为主的诗体，但同时也大量使用着杂言、长短句。所以在句法上既要看到"四言"句法的整齐，也要看到杂言句法的灵活。尤其令人惊叹的，就是在部分作品中，有细腻的外形描写，像《卫风·硕人》写美人的手、皮肤、脖子、牙齿、头发、眉毛，而最后两句则是"巧笑倩兮，美目盼兮"，轻巧的微笑多么俊俏呀，美丽的眼睛多么生动呀！十分传神。也有生动的动态描写，像《小雅·无羊》，把牧人的活动和羊的动态写得非常逼真。还有象征性的寓言诗，像《豳风·鸱鸮》，写一只老鸟，在鸱鸮的侵害下，如何为了保护巢、保护儿子而发出的号叫，以表现保护家园的心情。

总之，《诗经》的创作，早在两千八百年前，已为后来的诗歌史奠定了深厚的基础。

姚奠中，1913年生，山西稷山人。著名古典文学专家、书法家、诗人。于1935年考取章太炎先生所招收的唯一一届研究生，先后在安徽、贵州、云南等地从教。1950年回到山西，任山西大学教授至今。主要著作有《中国文学史》、《章太炎学术年谱》、《姚奠中诗文辑存》、《姚奠中讲习文集》等。本文选自《姚奠中论文选集》。

目录

前言 / 001
《诗经》其书（代序）（姚奠中）/ 001

◎ 周南

关雎 / 001
卷耳 / 002
桃夭 / 004
芣苢 / 005
汉广 / 006

◎ 召南

采蘩 / 008
行露 / 009
摽有梅 / 010
小星 / 011
江有汜 / 012
野有死麕 / 013

◎ 邶风

柏舟 / 015
绿衣 / 017
燕燕 / 018
终风 / 020

目录

击鼓 / 021
凯风 / 023
雄雉 / 024
匏有苦叶 / 025
谷风 / 027
式微 / 030
北门 / 030
静女 / 032
新台 / 033

◎ 鄘风

柏舟 / 035
君子偕老 / 036
桑中 / 038
相鼠 / 039
载驰 / 040

◎ 卫风

硕人 / 043
氓 / 045
竹竿 / 049
河广 / 050
伯兮 / 051
有狐 / 052
木瓜 / 053

◎ 王风

黍离 / 055
君子于役 / 056
中谷有蓷 / 057

兔爰 / 059
葛藟 / 060
采葛 / 061
大车 / 062

◎ 郑风

将仲子 / 064
叔于田 / 065
遵大路 / 066
女曰鸡鸣 / 067
有女同车 / 068
山有扶苏 / 070
萚兮 / 070
狡童 / 071
褰裳 / 072
丰 / 073
东门之墠 / 074
风雨 / 075
子衿 / 076
扬之水 / 077
出其东门 / 078
野有蔓草 / 079
溱洧 / 080

◎ 齐风

鸡鸣 / 082
东方未明 / 083
南山 / 084
卢令 / 085
猗嗟 / 086

◎魏风

葛屦 / 088
汾沮洳 / 089
园有桃 / 090
陟岵 / 091
十亩之间 / 093
伐檀 / 094
硕鼠 / 096

◎唐风

蟋蟀 / 098
山有枢 / 099
扬之水 / 101
绸缪 / 102
杕杜 / 103
鸨羽 / 104
葛生 / 106
采苓 / 107

◎秦风

驷驖 / 109
蒹葭 / 110
黄鸟 / 112
晨风 / 113
无衣 / 115
渭阳 / 116
权舆 / 117

◎陈风

宛丘 / 118

东门之枌 / 119
衡门 / 120
东门之杨 / 121
墓门 / 121
防有鹊巢 / 122
月出 / 123
株林 / 124
泽陂 / 125

◎桧风

隰有苌楚 / 128
匪风 / 129

◎曹风

蜉蝣 / 131
候人 / 132

◎豳风

七月 / 134
鸱鸮 / 139
东山 / 141
伐柯 / 144
狼跋 / 144

◎小雅

鹿鸣 / 146
常棣 / 147
伐木 / 150
采薇 / 152
出车 / 155

杕杜 / 158
鸿雁 / 159
鹤鸣 / 161
白驹 / 162
黄鸟 / 163
无羊 / 165
节南山 / 167
巷伯 / 171
蓼莪 / 173
北山 / 175
大田 / 177
采绿 / 180
隰桑 / 181
何草不黄 / 182

◎大雅

绵 / 184
生民 / 188
公刘 / 192

◎周颂

载芟 / 197

◎附录

《诗经》名言警句 / 200
《诗经》主要版本 / 202
《诗经》重要研究著述 / 203

◎周　南

关　雎

题解

《关雎》是《诗经》的第一篇,《毛诗序》以为此诗是歌咏"后妃之德","乐得淑女以配君子"。细品诗作,把它看作一曲婚礼乐歌似乎更为贴切。诗中讲述了一位男子看中了一位"窈窕淑女",在幻境中获得爱情的故事。

原诗

关关雎鸠①,在河之洲②。
窈窕淑女③,君子好逑④。

参差荇菜⑤,左右流之⑥。
窈窕淑女,寤寐求之⑦。

求之不得,寤寐思服⑧。
悠哉悠哉⑨,辗转反侧⑩。

参差荇菜,左右采之。
窈窕淑女,琴瑟友之⑪。

参差荇菜,左右芼之⑫。
窈窕淑女,钟鼓乐之。

原诗

①关关:鸟鸣声。　雎鸠(jūjiū):鱼鹰。
②洲:水中陆地。
③窈窕(yǎotiǎo):美好的样子。　淑(shū):善。
④好逑(qiú):佳偶。逑通"仇",即配偶的意思。
⑤参差(cēncī):长短不齐的样子。　荇(xìng)菜:多年生水草。
⑥流:寻求,采摘。

⑦寤寐(wù mèi)：醒为寤，睡为寐。
⑧思服：思念。
⑨悠哉：忧思不绝的样子。
⑩辗转：翻动的样子。
⑪友：友好、友爱。
⑫芼(mào)：菜，意即将荇菜做成菜来祭祀。

关关鸣叫的鱼鹰，徘徊在河中沙洲。
美丽善良的姑娘，君子理想的配偶。

参差不齐的荇菜，左边右边来寻求。
美丽善良的姑娘，醒着睡着都追求。

追求却得不到爱，睁眼闭眼难忘怀。
想了思，思了想，翻来覆去，覆去翻来。

参差不齐的荇菜，左边右边来摘采。
美丽善良的姑娘，弹琴奏瑟来相爱。

参差不齐的荇菜，左边右边祭列宗。
美丽善良的姑娘，敲钟击鼓乐新婚。

卷　耳

这是一首思妇怀人诗。这个女子在采卷耳时想起了远行的丈夫，幻想他上山了，过冈了，马病了，人疲了，又幻想他在饮酒自宽。思之情深，念之意切。

采采卷耳①，不盈顷筐②。
嗟我怀人③，置彼周行④。

陟彼崔嵬⑤，我马虺隤⑥。
我姑酌彼金罍⑦，维以不永怀⑧。

陟彼高冈,我马玄黄⑨。
我姑酌彼兕觥⑩,维以不永伤。

陟彼砠矣⑪,我马瘏矣⑫,
我仆痡矣⑬,云何吁矣⑭!

①采采:盛多的样子。　卷耳:苍耳。
②盈:满。　顷筐:前低后高的斜口筐。
③嗟:叹词。　怀人:思念远行的人(丈夫)。
④周行(háng):周都通向各地的大道。
⑤陟(zhì):登高。　崔嵬:土山戴石为崔嵬。
⑥虺隤(huī tuí):疲惫腿软不能升高的样子。
⑦姑:姑且。　金罍(léi):盛酒的器皿。
⑧维:语助词。　永怀:长久地思念。
⑨玄黄:马毛色焦枯的样子。
⑩兕觥(sì gōng):盛酒的器皿。
⑪砠(jū):戴土的石山。
⑫瘏(tú):马疲劳力竭不能前行的样子。
⑬痡(pū):疲劳至极的样子。
⑭云:发语词。　吁(xū):忧愁。

苍耳盛又多,却采不满一浅筐。
唉!我思念那人儿,把筐儿放在大路旁。

登上那高高的山巅,我的马儿腿发软。
且把酒壶斟满,不要老是这么怀念。

登上那高高的山冈,我的马儿毛枯黄。
且把酒杯斟满,不要老是这么忧伤。

登上了那边的石山,我的马儿累垮了,
我的仆人病倒了,唉!这忧愁怎得了!

桃 夭

这是一篇祝贺姑娘结婚的诗。全篇通过变文复唱,由"华"而"实"而"叶",不仅使喜庆的氛围渐次展开,而且预示着小家庭未来的幸福美满,一种情感,一种气氛和一种生命活力自在其中。

桃之夭夭①,灼灼其华②。
之子于归③,宜其室家④。

桃之夭夭,有蕡其实⑤。
之子于归,宜其家室。

桃之夭夭,其叶蓁蓁⑥。
之子于归,宜其家人。

①夭(yāo)夭:美好的样子。
②灼(zhuó)灼:色彩鲜明。 华:通"花"。
③之子:这位姑娘。 于归:出嫁。
④宜:善。引申为和顺的意思。 室家:家庭。
⑤蕡(fén):肥硕丰满。
⑥蓁(zhēn):茂盛的样子。

小桃树儿笑盈盈,红花朵朵真鲜明。
这个姑娘要出嫁,一家老小乐融融。

小桃树儿笑盈盈,果实累累好收成。
这个姑娘要出嫁,一家上下乐融融。

小桃树儿笑盈盈,叶儿片片绿意浓。
这个姑娘要出嫁,一家里外乐融融。

芣 苢

这是一首深蕴妙味的斗草歌。全诗以简短的节奏、明快的韵律,表现了妇女儿童为斗草取胜、求得吉祥而紧张采集的热烈场景和欢乐气氛,且巧易数字,便描绘出她们劳动的姿态和过程,兴味盎然。

采采芣苢①,薄言采之②。
采采芣苢,薄言有之③。

采采芣苢,薄言掇之④。
采采芣苢,薄言捋之⑤。

采采芣苢,薄言袺之⑥。
采采芣苢,薄言襭之⑦。

①采采:盛多的样子。 芣苢(fúyǐ):草名,车前子。
②薄言:语助词,带有劝勉的意思。
③有:取。一说藏。
④掇(duō):拾取。
⑤捋(luō):以手顺物抹取。
⑥袺(jié):用衣襟兜物。
⑦襭(xié):将衣襟结在衣间以承物。

遍地是芣苢呀,快点儿采起来。
遍地是芣苢呀,快点儿摘起来。

遍地是芣苢呀,快点儿拾起来。
遍地是芣苢呀,快点儿捋起来。

遍地是芣苢呀,快点儿兜在襟里来。
遍地是芣苢呀,快点儿揣在怀里来。

汉 广

题解

这是一首荡气回肠的汉水恋歌。主人公是一个怀春少年,他爱上了一个女子,想亲近她,不敢说要娶她,而只说愿替她喂马。这样,更加诚挚地表现出他的爱慕之情。结果是面对茫茫烟波,怅惘无限,原来那女子是可望而不可求的。

南有乔木①,不可休息②。
汉有游女③,不可求思④。
汉之广矣,不可泳思⑤!
江之永矣⑥,不可方思⑦!

翘翘错薪⑧,言刈其楚⑨。
之子于归,言秣其马⑩。
汉之广矣,不可泳思!
江之永矣,不可方思!

翘翘错薪,言刈其蒌⑪。
之子于归,言秣其驹⑫。
汉之广矣,不可泳思!
江之永矣,不可方思!

①乔木:树干上耸的树木。
②休:庇荫。 息:通"思",语助词。
③汉:汉水。 游女:出游的女子。
④思:语助词。
⑤泳:潜行水中,泅渡。
⑥永:长。
⑦方:筏子。这里用作动词,坐筏渡河。
⑧翘翘:众多高起的样子。 错薪:错杂的柴草。
⑨刈(yì):割。 楚:荆条。
⑩秣(mò)马:喂马。

⑪蒌(lóu):蒌蒿。
⑫驹:小马。

　　　　南方的乔木真高大,却不能乘凉在树下。
　　　　汉水女儿正出游,无奈可望不可求呀。
　　　　汉水是这样宽呀,游泳不能过去啊!
　　　　江流是这样长呀,划船也难过去啊!

　　　　在杂乱的柴草中,去割那长长的荆条。
　　　　那个姑娘如嫁我,我就喂饱马儿去迎她!
　　　　汉水是这样宽呀,游泳不能过去啊!
　　　　江流是这样长呀,划船也难过去啊!

　　　　在杂乱的柴草中,去割那长长的蒌蒿。
　　　　那个姑娘如嫁我,我就喂饱马儿去迎她!
　　　　汉水是这样宽呀,游泳不能过去啊!
　　　　江流是这样长呀,划船也难过去啊!

◎召 南

采 蘩

题解

这是一首宫女采蘩歌。妙在末章从首饰的变化上,写出了宫女们的辛勤劳累。全诗通过写宫女们劳碌情景,自然地流露了她们的哀怨和不满。

原诗

于以采蘩①?于沼于沚②。
于以用之,公侯之事③。

于以采蘩?于涧之中④。
于以用之?公侯之宫⑤。

被之僮僮⑥,夙夜在公⑦。
被之祁祁⑧,薄言还归。

注释

①于以:以哪里。 蘩(fán):白蒿。
②沼:水池。 沚(zhǐ):小沙洲。
③公侯之事:公侯祭祀之类的事情。一说养蚕一类的事情。
④涧:山谷水道。
⑤宫:宗庙。
⑥被:饰头的假发。 僮(tóng)僮:光洁不乱的样子。一说众盛的样子。
⑦夙夜:一大早。 公:公室。
⑧祁(qí)祁:舒缓,这里形容头发松散蓬乱的样子。

今译

哪里采白蒿?到沙洲到池沼。
哪里去用它?公侯祭祀时。

哪里采白蒿?到那溪涧中。
哪里去用它?公侯宗庙里。

头发梳得光,大早为公忙。
头发蓬蓬乱,回家才有盼。

行　露

题解

本篇的主题是写一个女子对强迫婚姻的反抗,男子想借官府势力,强迫她从命,但她绝不屈服,她痛骂男子是鼠、雀之辈,干的是穿墙、破屋、陷害良民的勾当。

原诗

厌浥行露①,岂不夙夜②?
谓行多露③。

谁谓雀无角④?何以穿我屋⑤?
谁谓女无家⑥?何以速我狱⑦?
虽速我狱⑧,室家不足⑨。

谁谓鼠无牙?何以穿我墉⑩?
谁谓女无家?何以速我讼⑪?
虽速我讼,亦不女从⑫。

①厌浥(yì):露水很多的样子。 行(háng)露:道路上的露水。
②夙夜:一大早。
③谓:奈何。一说畏,害怕。
④角:头角,一说鸟嘴。
⑤穿:穿过、穿破。
⑥女:通"汝"。
⑦速:招致。 狱:官司。
⑧虽:即使、哪怕。
⑨室家:结成夫妻。 不足:不可。
⑩墉(yōng):墙。
⑪讼:诉讼。
⑫女从:从女,顺从你。

道上的露水湿漉漉,不是大早不赶路,
怕是道上露太多。

谁说那雀儿没有角？怎么穿破了我的屋？
谁说你没有成过家？凭什么送我进牢狱？
哪怕你送我进牢狱,强迫娶我你理由不足。

谁说老鼠没有牙？怎么穿通了我的墙？
谁说你没有成过家？凭什么逼我上公堂？
哪怕你逼我上公堂,强迫娶我决不顺从。

摽有梅

这是一首收梅歌。收梅姑娘一边收梅果,一边唱情歌,自由地、大胆地呼唤"庶士"来和她及时相爱。

摽有梅①,其实七兮②。
求我庶士③,迨其吉兮④！

摽有梅,其实三兮。
求我庶士,迨其今兮⑤！

有梅,顷筐塈之⑥。
求我庶士,迨其谓之⑦！

①摽(biào):打落。 有:语助词。
②实:梅子。 七:七成。
③庶士:诸小伙。
④迨(dài):趁着。 吉:好时光。
⑤今:现在。
⑥顷筐:斜口筐。 塈(jì):拾取。

⑦谓:相会。一说告诉。

  扑打梅果收梅子,七成还留在树上啊。
  求我的众小伙儿,趁着这美好的时光啊!

  扑打梅果收梅子,三成还留在树上啊。
  求我的众小伙儿,今天就是个好日子啊!

  扑打梅果收梅子,用浅筐把它拾起来。
  求我的众小伙儿,快来相会莫耽误啊!

小 星

  这首诗抒发了给贵族当差的小臣的怨愤。过度的辛劳,使他满怀不平。然而,对于这种劳逸不均的社会现象,他无法解释,只好归之于"命"。这代表了一般苦难人的呼声,也体现了中国民众隐忍的人生态度。

  嘒彼小星①,三五在东②。
  肃肃宵征③,夙夜在公④。
  寔命不同⑤!

  嘒彼小星,维参与昴⑥。
  肃肃宵征,抱衾与裯⑦。
  寔命不犹⑧!

①嘒(huì):星光微弱的样子。
②三五:形容星星稀少的样子。
③肃肃:急急忙忙。 宵征:赶夜路。
④夙夜:一大早。 公:公事。
⑤寔(shì):此。 一说通"实"。
⑥参昴(shēn mǎo):二星宿名。
⑦抱:通"抛"。 衾(qīn):被。 裯(chóu):床帐,一说被单。

⑧不犹:不如。

微光闪闪小星星,三三五五在东方。
急急忙忙赶夜路,大早起来公务忙。
命中注定,和人不一样。

微光闪闪小星星,参星昴星在天上。
急急忙忙赶夜路,抛开香衾与暖帐。
命中注定,人人比我强。

江有汜

这是一篇别有风趣的失恋诗。在那盛会的日子里,小伙子与姑娘相爱了。可后来姑娘嫁给他人,小伙子很痛苦,却又故作气壮,故作自信。

江有汜①,之子归,不我以②。
不我以,其后也悔!

江有渚③,之子归,不我与。
不我与,其后也处④!

江有沱⑤,之子归,不我过⑥。
不我过,其啸也歌⑦!

①汜(sì):先从主流分出,后又汇入主流的水。
②以:与,相处、相好。
③渚(zhǔ):水中小洲。
④处:通"癙",忧伤。
⑤沱(tuó):长江的支流。
⑥过:看望。
⑦啸:因内心痛苦而发出的长鸣声。

长江有分流,你出嫁了,
不再与我亲密。不再与我亲密,
将来定要后悔!

长江有小洲,你出嫁了,
不再与我相好。不再与我相好,
将来定要忧愁!

长江有支流,你出嫁了,
不再与我来往。不再与我来往,
让你长啸又悲歌!

野有死麕

这是一则发生在郊野的爱情故事。诗中描写的正是男子向女子献猎物求爱的情景。全诗以高度集中的笔墨,完整地记述了一个爱情故事。有景、有情、有人、有物、有活动、有发展,在三百篇中别具一格。

野有死麕①,白茅包之②。
有女怀春③,吉士诱之④。

林有朴樕⑤,野有死鹿。
白茅纯束⑥,有女如玉。

舒而脱脱兮⑦,无感我帨兮⑧。
无使尨也吠⑨!

①麕(jūn):兽名,獐。
②白茅:草名。

③怀春:当春有怀,指男女情思。
④吉士:对小伙子的美称。 诱:引诱、挑逗。
⑤朴樕(sù):小木。
⑥纯束:捆到一块。
⑦舒:慢慢地。 而:通"尔",你。 脱脱:这里是女子劝男子动作轻缓一点。
⑧感:通"撼",动摇。 帨(shuì):头巾。
⑨尨(máng):狗。 吠:狗叫。

死鹿躺在山野的草窝,丛生的白茅将它埋没。
姑娘的春心已动,小伙子将她撩拨。

山林里有砍下的树枝,山野里有躺着的死鹿。
用茅草一并捆起,作为聘礼献给美女。

你慢点啊轻轻来,不要扯我的头巾带。
不要惹狗叫起来。

◎邶 风

柏 舟

题解

这首诗写出了一个在恶劣的环境中被压迫者的悲愤。诗中不仅写出了诗人的心绪,也写出了他的感情、性格、希望与追求。诗中诗人的自我形象很鲜明。

原诗

泛彼柏舟①,亦泛其流。
耿耿不寐②,如有隐忧③。
微我无酒④,以敖以游⑤。

我心匪鉴⑥,不可以茹⑦。
亦有兄弟,不可以据⑧。
薄言往愬⑨,逢彼之怒。

我心匪石,不可转也。
我心匪席,不可卷也。
威仪棣棣⑩,不可选也⑪。

忧心悄悄⑫,愠于群小⑬。
觏闵既多⑭,受侮不少。
静言思之⑮,寤辟有摽⑯。

日居月诸⑰,胡迭而微⑱?
心之忧矣,如匪澣衣⑲。
静言思之,不能奋飞⑳。

①汎:漂流的样子。 柏舟:柏木做的舟。
②耿耿:不安的样子,或为眼睁着不能入睡的样子。
③隐忧:内心的烦忧。
④微:非,不是。
⑤以敖以游:遨游。
⑥匪:通"非",不是。 鉴:镜子。
⑦茹:容纳。
⑧据:依靠。
⑨薄言:姑且、勉强的意思。 愬(sù):告诉。
⑩威仪:尊严、容止。 棣棣(dì):雍容闲雅的样子。
⑪选:通"巽"(xùn),屈挠退让的意思。
⑫悄悄:忧愁的样子。
⑬愠(yùn):怨。 群小:众小人。
⑭觏闵(gòumǐn):遭受忧苦。
⑮静言:静然,静静地。
⑯寤:觉悟。 辟:拊心。 摽(biào):击打。
⑰居、诸:语助词。
⑱胡:何。 迭:更、轮番。 微:亏,晦暗不明。
⑲匪:彼也。 澣衣:浣衣,比喻忐忑不安。
⑳奋飞:奋翼而飞。

柏木船儿在漂浮,漂浮在那河中流。
眼儿睁睁睡不着,万千烦忧在心头。
不是这儿没酒喝,也非无处去遨游。

我心不比一面镜,是美是丑全包容。
也有手足亲兄弟,谁知他们难依靠。
想到那儿把苦诉,未料他们发起怒。

我心不和石头比,哪能任人去转移。
我心也非席可比,哪能要卷就卷起。
人有颜面树有皮,哪能忍辱受人欺。

烦恼沉沉压在心,小人们对我怨恨深。
遭逢苦难说不尽,忍受侮辱数不清。
静下心来想一想,不由拊心又捶胸。

问遍太阳和月亮,为何轮番无光芒?
无限烦恼驻心头,好似洗衣久揉搓。
静下心来细细想,怎能展翅远飞翔。

绿 衣

题解

这是一首感旧诗。细会诗意,似有一种"悼亡"的悲凉隐伏在其中。诗人睹物伤神,忧思难忘,感情基调极为凄苦。

原诗

绿兮衣兮, 绿衣黄里①。
心之忧矣, 曷维其已②!

绿兮衣兮, 绿衣黄裳③。
心之忧矣, 曷维其亡!

绿兮丝兮, 女所治兮④。
我思古人⑤, 俾无訧兮⑥!

絺兮绤兮⑦, 凄其以风。
我思古人, 实获我心⑧。

注释

①里:里面的衣服。
②曷:何,何时。 已:止。
③裳:下衣。
④治:制作。
⑤古人:故人,指亡妻。
⑥俾:使。 无訧(yóu):无尤,没有过失。
⑦絺(chī):细葛布。 绤(xì):粗葛布。
⑧获:得,引申为中意。

绿色的外衣啊,黄黄的内衣。
心中的悲伤啊,何时能平息?

绿色的上衣啊,黄黄的下衣。
心中的悲伤啊,哪里能忘记?

绿色的丝啊,你曾亲手理过。
我思念的故人啊,纠正了我多少差错。

葛布粗啊葛布细,穿在身上凉凄凄。
我思念的故人啊,你才合我的心意。

燕 燕

这是一首送别诗。开篇即在追忆中写别情,别情一波三折、一意三叠,辗转出许多哀婉。文章振笔直起,赞颂"仲氏"之德,并寄与希望,哀而不伤。

燕燕于飞①,差池其羽②。
之子于归,远送于野③。
瞻望弗及④,泣涕如雨。

燕燕于飞,颉之颃之⑤,
之子于归,远于将之⑥。
瞻望弗及,伫立以泣⑦。

燕燕于飞,下上其音⑧,
之子于归,远送于南。
瞻望弗及,实劳我心⑨。

仲氏任只⑩,其心塞渊⑪。

终温且惠⑫,淑慎其身⑬。
先君之思⑭,以勖寡人⑮。

①燕燕:即燕子。 于飞:飞。于,语中助词,没有意义。
②差(cī)池:不齐的样子。
③野:郊外。
④瞻望:远望、展望。 弗及:这里指看不见。
⑤颉(xié):上飞。 颃(háng):下飞。
⑥将:送。
⑦伫立:久立。
⑧下上其音:上下飞鸣。
⑨劳:愁苦。
⑩仲氏:排行老二称仲氏。 任:信任。一说任是姓。
⑪塞:实。 渊:深。
⑫终:既。 惠:顺。
⑬淑:善良。 慎:谨慎。
⑭先君:已故的国君。
⑮勖(xù):勉。 寡人:国君自称。

燕子飞来飞去,前前后后紧相随。
这个姑娘要出嫁,送她送到郊野外。
望呀望她不见了,泪珠儿像阵阵雨。

燕子飞来飞去,上上下下忙翻飞。
这个姑娘要出嫁,远远地送她一程。
望呀望她不见了,久久呆立泪满面。

燕子飞来飞去,忽上忽下地鸣唱。
这个姑娘要出嫁,遥遥送她到南面。
望呀望她不见了,实在让我好伤心。

老二为人真可靠,她的心地很厚道。
既温柔来又和顺,为人善良又周到。
"经常要想起父亲",这是她给我的叮咛。

终 风

这首诗写出了初尝禁果的少女心头的莫名滋味。她思念、她忧虑、她哀伤,诗篇以暴、霾、曀、雷等自然现象来反衬少女内心世界的激荡,更增添了无限的悲伤。

终风且暴①,顾我则笑②。
谑浪笑敖③,中心是悼④。

终风且霾⑤,惠然肯来⑥。
莫往莫来,悠悠我思⑦。

终风且曀⑧,不日有曀。
寤言不寐⑨,愿言则嚏⑩。

曀曀其阴⑪,虺虺其雷⑫。
寤言不寐,愿言则怀⑬。

①终:既。 暴:暴风。
②顾:看。
③谑浪:戏谑。 笑敖:调笑。
④中心:内心。 悼:哀伤惊恐。
⑤霾(mái):大风扬尘。
⑥惠:爱。
⑦悠悠:思念的样子。
⑧曀(yì):天阴。
⑨寤言:不寐的样子。
⑩愿言:希望。 嚏:喷嚏。
⑪曀曀:天阴沉昏暗的样子。
⑫虺(huǐ)虺:雷声。
⑬怀:悲伤。

风儿起,风儿狂。他对我嬉笑做怪样。
戏谑调笑真胡闹,我心恐慌又悲伤。

风儿起,尘土扬。他爱来到我身旁。
如果他不再来往,我又不禁把他想。

风儿起,日无光。太阳露面又躲藏。
眼睁睁地躺在床,愿他打喷嚏,知我把他想。

天空阴沉沉,雷声轰隆隆。
眼睁睁地躺在床,愿他悔悟,能把我来想。

击 鼓

题解

这是一篇写远征士兵悲苦心情的诗。他们被迫出征,军容不整,心神不宁,常有家室之思。且自己生死难卜,不觉心酸,不觉痛苦呼号。一股征人的怨苦之气洋溢在字里行间。

击鼓其镗①,踊跃用兵②。
土国城漕③,我独南行④。

从孙子仲⑤,平陈与宋⑥。
不我以归⑦,忧心有忡⑧。

爰居爰处⑨,爰丧其马⑩。
于以求之⑪?于林之下。

死生契阔⑫,与子成说⑬。
执子之手,与子偕老。

于嗟阔兮⑭!不我活兮⑮!

于嗟洵兮⑯！不我信兮⑰！

① 镗(tāng)：鼓声。
② 踊跃：跳跃出刺的样子，这里指操练武术时的动作。 兵：兵器。
③ 土、国：同义，即兴土工。 城漕：在漕邑筑城。
④ 南行：从军南征。
⑤ 孙子仲：人名，卫国大臣。
⑥ 平：平定。
⑦ 不我以归：不让我回归。以，于。
⑧ 忡(chōng)：心忧不宁的样子。
⑨ 爰：乃，于是。
⑩ 丧：丢失。
⑪ 于以：于何。
⑫ 契阔：离合。
⑬ 子：你。 成说：约定誓言。
⑭ 阔：离别。
⑮ 不我活：不让我活。
⑯ 洵：久远。一说诚。
⑰ 信：伸。

  鼓声咚咚，紧张地练兵。
  兴土工筑漕城，我却独自向南行。

  跟随了孙子仲，平定了陈宋纠纷。
  还不让我回去，我真的好伤心。

  于是停留于是住下，于是丢了我的马。
  到哪里去寻找？到那树林底下。

  人有生死离合，我曾与你约好。
  曾紧握你的手，要和你相伴到老。

  哎呀长别了呀！我要没命了啊！
  我的心诚意切啊！可就是实现不了啊！

凯 风

题解

这是一首孝子自责诗。诗中反复强调母亲的深恩,字里行间充满着自责的苦楚。

原诗

凯风自南①,吹彼棘心②。
棘心夭夭③,母氏劬劳④。

凯风自南, 吹彼棘薪⑤。
母氏圣善⑥,我无令人⑦。

爰有寒泉⑧,在浚之下⑨。
有子七人, 母氏劳苦。

睍睆黄鸟⑩,载好其音⑪。
有子七人, 莫慰母心。

①凯风:南风,喻母亲的爱。
②棘心:未成长的小棘树。
③夭夭:少壮的样子。
④劬(qú)劳:辛勤劳累。劬,劳苦。
⑤棘薪:长成的棘树。
⑥圣善:明达善良。
⑦令人:善人。
⑧爰:语助词。 寒泉:水名。
⑨浚(xùn):卫国地名。
⑩睍睆(xiàn huǎn):鸟婉转的鸣叫声。
⑪载:语助词。

和风习习自南方,吹拂小枣树慢慢长。
枣树长得很茁壮,辛勤劳苦累坏了娘。

和风习习自南方,吹得枣树成薪柴。
母亲为人真正好,只叹我们不成材。

这里寒泉冷又清,浚城下边流不停。
母亲空有七个儿,日子过得仍艰辛。

叽叽喳喳黄雀鸣,美妙婉转好声音。
母亲空有七个儿,没人安慰她的心。

雄 雉

题解

这是一首妇人思念征夫的诗。在悠悠的思念中,饱含着对给她丈夫造成行役之苦的统治者的无限愤慨。

原诗

雄雉于飞①,泄泄其羽②。
我之怀矣③,自诒伊阻④。

雄雉于飞,下上其音⑤。
展矣君子⑥,实劳我心⑦。

瞻彼日月,悠悠我思。
道之云远,曷云能来⑧?

百尔君子⑨,不知德行。
不忮不求⑩,何用不臧⑪?

①雄雉:雄野鸡。
②泄泄:振翅飞翔的样子。
③怀:忧虑、悲伤。
④诒:遗留、送给。 伊:其。 阻:忧,一说难。
⑤下上其音:上下飞鸣。一说鸣声忽高忽低。

⑥展:诚,实在。
⑦劳:忧劳。
⑧曷:何。
⑨百尔君子:即尔百君子,指在位的诸君子。
⑩忮(zhì):忌恨。 求:贪求。
⑪何用:何为。 不臧(zāng):不善、不好。

  雄野鸡飞走了,拍动着翅膀。
  我的忧伤啊,是自找的孽障。

  雄野鸡飞走了,飞动着发出鸣声。
  实在呀君子,是你忧劳我的心。

  看着穿梭似的日月,一天天把你思念。
  道路是这样的遥远,你何时才能回还?

  你们这些老爷,难道不知修养之道?
  不要忌恨不要贪求,你们干什么不好?

匏有苦叶

  这是一首女子待嫁歌。主要描写女子的心理活动,而间接点明了季节、时间、物候、地点、场面等。不仅使诗篇充满生活气息,而且有效地突出了女子在特殊的环境中的感情。

  匏有苦叶①,济有深涉②。
  深则厉③,浅则揭④。

  有弥济盈⑤,有鷕雉鸣⑥。
  济盈不濡轨⑦,雉鸣求其牡⑧。

  雝雝鸣雁⑨,旭日始旦⑩。
  士如归妻⑪,迨冰未泮⑫。

招招舟子⑬，人涉卬否⑭。
人涉卬否，卬须我友⑮。

①匏(páo)：葫芦。　苦：通"枯"，叶枯则葫芦已熟。
②济：水名。　深涉：渡口。
③厉：横渡、泅渡。
④揭：提起衣服渡河。
⑤弥：水满的样子。　盈：满。
⑥鷕(yǎo)：雉鸣声。
⑦濡(rú)：沾湿。　轨：车轴头。
⑧牡：雄性动物。这里指雄雉。
⑨雝雝(yōng)：雁鸣声。
⑩旭日：初升的太阳。　旦：天亮。
⑪归妻：想娶妻子。
⑫迨：趁。　泮(pàn)：合，结冰。
⑬招招：呼唤的样子，一说摇摆的样子。　舟子：船夫。
⑭卬(áng)：我。
⑮须：等待。　友：指情人。

葫芦熟了叶子枯，济水深处有渡口。
若是水深去横渡，若是水浅提衣过。

茫茫一片济水满，吆吆听得野鸡唱。
济水不满轮子半，雌鸡正把雄鸡盼。

大雁雝雝相鸣唱，初升太阳放光芒。
哥哥有心来娶妹，趁着河未冰封上。

船夫摇摇把船摆，人家渡河我等待。
人家渡河我等待，等我哥哥过河来。

谷 风

题解

这是一首弃妇诗。它把叙事和抒情有机地结合在一起,从而使我们能清楚地了解到女子遭弃的原因,弃时的情景以及弃后的心情。同时也能看出她对美好的家庭生活所作的努力。全诗如泣如诉,极富艺术魅力。

原诗

习习谷风①,以阴以雨②。
黾勉同心③,不宜有怒④。
采葑采菲⑤,无以下体⑥。
德音莫违⑦,及尔同死⑧。

行道迟迟⑨,中心有违⑩。
不远伊迩⑪,薄送我畿⑫。
谁谓荼苦⑬,其甘如荠⑭。
宴尔新昏⑮,如兄如弟。

泾以渭浊⑯,湜湜其沚⑰。
宴尔新昏,不我屑以⑱。
毋逝我梁⑲,毋发我笱⑳。
我躬不阅㉑,遑恤我后㉒!

就其深矣,方之舟之㉓。
就其浅矣,泳之游之。
何有何亡㉔,黾勉求之。
凡民有丧㉕,匍匐救之㉖。

不我能慉㉗,反以我为雠。
既阻我德㉘,贾用不售㉙。
昔育恐育鞠㉚,及尔颠覆㉛。

既生既育㉜，比予于毒㉝。

我有旨蓄㉞，亦以御冬㉟。
宴尔新昏，以我御穷。
有洸有溃㊱，既诒我肄㊲。
不念昔者，伊余来墍㊳！

①习习：风声。　谷风：山谷中的大风。
②以阴以雨：为阴为雨，喻丈夫暴怒无常。
③黾(mǐn)勉：努力。
④宜：应该。
⑤葑(fēng)：蔓菁。　菲：萝卜。
⑥无以：不用。　下体：指根茎部分。
⑦德音：德心。　违：邪、不正。
⑧及尔：和你。
⑨迟迟：缓慢的样子。
⑩中心：心中。　违：相背。
⑪伊：语助词。　迩：近。
⑫薄：语助词。　畿(jī)：门坎。
⑬荼(tú)：苦菜。
⑭荠(jì)：野菜名，味甜。
⑮宴尔：快乐。　昏：即"婚"。
⑯泾、渭：泾、渭皆水名，泾浊渭清。　以：因。
⑰湜湜(shí)：水清澈的样子。　沚(zhǐ)：水底。
⑱不我屑以：不屑和我在一起。
⑲毋：不要。　逝：往。　梁：捕鱼的石堰。
⑳发：打开。　笱：捕鱼的竹笼。
㉑我躬：我自己。　阅：容纳。
㉒遑：何况。　恤：忧虑。
㉓方：筏子，用筏子渡水。　舟：用舟渡水。
㉔何有：有什么。　何亡：没什么。
㉕民：人，指邻里之人。　丧：灾难。
㉖匍匐：本意是手足并行，这里有急速前往之意。
㉗能：乃。　慉：通"畜"，爱。
㉘阻：拒绝。
㉙贾(gǔ)用不售：做买卖而不能销售。贾，做买卖。
㉚育：养，生活。　恐：恐慌。　鞫(jú)：贫穷。

㉛颠覆:生活困窘。
㉜既生既育:生儿育女。
㉝比予于毒:指丈夫将自己看作有害之物。予,我。毒,毒物。
㉞旨蓄:蓄以过冬的美味干菜。旨,甘美。蓄,积蓄。
㉟御冬:抵挡一个冬天。
㊱有:语助词。 洸溃(guāng kuì):水激荡溃决的样子,这里用来形容男子的暴戾凶狠。
㊲诒:给予。 肄(yì):劳。
㊳伊余来塈(jì):维我是爱。伊,维。余,我。来,是。塈,爱。

山谷中大风作响,阴云满天大雨流淌。
我事事依顺着你,你平空恼怒把人伤。
采来萝卜和蔓菁,留下枝叶弃根茎。
往日恩情休抛弃,生死相依不离分。

我的脚步慢腾腾,心中真是恨悠悠。
走了几步不算远,送到门口肯不肯?
谁说苦菜味道苦?我吃起来甜如荠。
瞧你们新婚多快乐,哥呀妹呀真甜蜜。

因为渭水泾水才显浊,泾水定下也清见底。
瞧你们新婚多快乐,不屑和我再接近。
别来我的拦鱼坝,别动我的捕鱼笼。
我自身还不见容,怎能顾及我走后的事情?

好比是深深的河流,用筏用船来渡过。
好比是浅浅的溪水,泅水渡水游过去。
家里有啥没有啥,我想方设法弄周全。
凡是邻居有急难,我奔走相助不耽延。

你不爱我也罢了,反把我当作仇人看。
拒绝我的好心意,好似货物出手难。
从前生活老怕穷,吃苦患难共同担。
现在家境有好转,你把我当作毒物般。

我贮藏了美味的干菜,准备用它来过冬。
瞧你们新婚多快乐,却拿我的东西来挡穷。
打我骂我欺负我,所有重活扔给我。

从前的事情你忘光,你我还曾爱过一场。

式 微

这是一首情人幽会时相互戏谑的歌。一个问,一个答,一个嘲讪,一个骂俏,双方都紧紧按捺住一个"爱"字不肯说出。淡淡数笔,把他们的燕昵之情以及欢快的气氛都描绘出来了。

式微①,式微,胡不归②?
微君之故③,胡为乎中露④?

式微,式微,胡不归?
微君之躬⑤,胡为乎泥中?

注释

①式微:天已黑。式,发语词。微,天黑。
②胡:何,为什么。
③微:非,没有。
④中露:露水之中。
⑤躬:身。

天黑啦,天黑啦,为何还不快回家?
不是为了你,我何必在露水地里把脚踏。

天黑啦,天黑啦,为何还不快回家?
不是为了你,我何必在泥泞地上把脚踏。

北 门

这首诗抒写小臣的怨叹。主人公外有"王事"、"政事"之劳,内有妻儿家小之责,位足以勤王事,力不足以养家室,事繁而禄薄,外劳而内怨,化作满腹的叹惋。

出自北门,忧心殷殷①。
终窭且贫②,莫知我艰③。
已焉哉④!
天实为之,谓之何哉!

王事适我⑤, 政事一埤益我⑥。
我入自外,室人交遍谪我⑦。
已焉哉!
天实为之,谓之何哉!

王事敦我⑧,政事一埤遗我⑨。
我入自外,室人交遍摧我⑩。
已焉哉!
天实为之,谓之何哉!

①殷殷:忧伤的样子。
②终:既。 窭(jù):困窘。
③艰:苦,困厄。
④已焉哉:就算了吧。
⑤王事:政事。 适:督责。
⑥埤(pí)益:加给。
⑦室人:家里人。 交遍:普遍。 谪:责怪。
⑧敦:敦迫。
⑨埤遗:同"埤益"。
⑩摧:责怪。

走出北门愁无限,万千烦恼压心头。
既穷苦来又贫寒,谁知我的生活如此艰难!
罢了!罢了!
老天爷要我这么样,我还能有甚办法!

王事推给我,政事一股脑儿加给我。
我从外边进来,老婆孩子埋怨我。
罢了!罢了!
老天爷要我这么样,我还能有甚办法!

王事丢给我,政事一股脑儿交给我。
我从外面进来,老婆孩子排斥我。
罢了!罢了!
老天爷要我这么样,我还能有甚办法!

静 女

题解

这是一首写男女幽会的诗。诗中以欢快的笔调,描写了一对青年男女相约、相戏、相见、相赠的情景。

原诗

静女其姝①,俟我于城隅②。
爱而不见③,搔首踟蹰④。

静女其娈⑤,贻我彤管⑥。
彤管有炜⑦,说怿女美⑧。

自牧归荑⑨,洵美且异⑩。
匪女之为美⑪,美人之贻。

①静女:幽静的姑娘。 姝(shū):美好、漂亮。
②俟(sì):等待。 城隅:城头的角楼。
③爱:通"薆",隐蔽。一说喜爱。
④搔首:挠头。 踟蹰(chíchú):徘徊。
⑤娈:美丽。
⑥贻:赠送。 彤管:红管草。彤,红色。
⑦炜(wěi):鲜明的样子。
⑧说怿(yuèyì):心喜。说,同"悦"。 女:汝,指彤管。
⑨牧:野外的牧地。 归:通馈(kuì),赠送。 荑(tí):指初生的茅荑。

⑩洵:实在。 异:奇异、新异。
⑪匪:通"非"。 女:通"汝",指美。

美丽姑娘惹人爱,约我城角楼上来。
暗里躲着逗人找,害我抓耳又挠腮。

美丽的姑娘长得俏,送我一把红管草。
红管草颜色真是鲜,我爱你红色无比好。

牧场嫩草为我采,我爱草儿美得怪。
不是草儿美得怪,因是美人赠我来。

新 台

这是一首伤女子所嫁非人的诗。《毛诗序》误以为是讽刺卫宣公强占儿媳之事。

新台有泚①,河水弥弥②。
燕婉之求③,籧篨不鲜④。

新台有洒⑤,河水浼浼⑥。
燕婉之求, 籧篨不殄⑦。

鱼网之设, 鸿则离之⑧。
燕婉之求, 得此戚施⑨。

①泚(cǐ):鲜明的样子。
②弥弥(mǐ):水盛满的样子。
③燕婉:美好的样子。
④籧篨(qúchú):鸡胸。比喻人相貌丑恶。
⑤洒(cuǐ):高峻的样子。
⑥浼浼(miǎn):水盛大的样子。
⑦不殄:不鲜,不死。

⑧鸿:大雁。 离:到来。
⑨戚施:驼背。

新台那样鲜明,河水一片茫茫。
所求的是美貌郎君,却嫁了个丑恶的鸡胸汉!

高台那样高峻,河水一片漫漫。
所求的是美貌郎君,却嫁给了个该死的鸡胸汉。

撒下的是鱼网,捞来的是吃鱼的鸿。
所求的是美貌郎君,得到的是这个驼背公公。

◎鄘风

柏舟

此诗抒写了爱情被阻的苦恼。主人公是一位少女,她选中了意中人,偏偏受到阻挠,因而她发出了这激愤而哀痛的呼声。诗中用柏舟之飘荡,来象征爱情旅途中心神恍惚、事无结局的心境。

泛彼柏舟,在彼中河①。
髧彼两髦②,实维我仪③。
之死矢靡它④。
母也天只⑤!不谅人只⑥!

泛彼柏舟,在彼河侧。
髧彼两髦,实维我特⑦。
之死矢靡慝⑧。
母也天只!不谅人只!

①中河:河中。
②髧(dàn):头发下垂的样子。 髦(máo):齐眉的毛发。
③维:为。 仪:匹,配偶。
④之死:到死。之,至,到。 矢靡它:绝对没有别的希求。矢,誓。靡,无。它,其它。
⑤母也天只:痛极疾呼之词,唤母同时唤天。只,哉,语助词。
⑥谅:体谅,谅解。
⑦特:本义为公牛,这里指男性配偶。
⑧靡慝(tè):不变心。慝,忒,更改。

柏木船儿在漂荡,漂荡在那河中央。
垂发齐眉的少年郎,我愿与他配成双。

到死我也不会变心肠。
我的娘啊我的天,人家的心思你不体谅!

柏木船儿在漂荡,漂荡在那河岸旁。
垂发齐眉的少年郎,我愿与他配成双。
到死我也不会变主张。
我的娘呀我的天,人家的心思你不体谅!

君子偕老

题解

这是一首感叹丽人的诗作。开篇用"君子偕老",反映了人们对美好婚姻的向往和祝颂。而"子之不淑"一句,顿作痛惜之辞,表明了事出意外,也表现了对丽人不幸遭遇的同情。

原诗

君子偕老①,副笄六珈②。
委委佗佗③,如山如河④。
象服是宜⑤。
子之不淑⑥,云如之何!

玼兮玼兮⑦!其之翟也⑧。
鬒发如云⑨,不屑髢也⑩。
玉之瑱也⑪,象之揥也⑫。
扬且之皙也⑬。
胡然而天也⑭!胡然而帝也!

瑳兮瑳兮⑮!其之展也⑯。
蒙彼绉絺⑰,是绁袢也⑱。
子之清扬⑲,扬且之颜也⑳。
展如之人兮㉑,邦之媛也㉒!

注释

①偕老:一同到老,白头到老。

②副:一种头饰。 笄(jī):簪子。 珈(jiā):副笄上的玉饰。
③委委佗(tuó)佗:形容举止从容大方。
④如山如河:形容仪态稳重深沉。
⑤象服:绘有文饰图案的礼服。 宜:适宜。
⑥不淑:不幸。一说不善。
⑦玼(cǐ):鲜明的样子。
⑧翟(dí):绘有野鸡图案的礼服。
⑨鬒(zhěn)发:黑发。
⑩髢(dí):假发。
⑪瑱(zhèn):垂于两耳旁的玉饰。
⑫象掃(tì):象牙制的簪。
⑬皙:面色白净。
⑭胡然:为什么这样。
⑮瑳(cuō):鲜明的样子。
⑯展:一种礼服。
⑰蒙:罩。 绉绤(chī):精细的葛布。
⑱绁袢(xièpàn):内衣。
⑲清扬:眉目清秀。
⑳颜:容貌美,有光彩。
㉑展:确实。
㉒媛:美女。

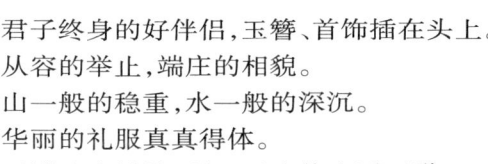

君子终身的好伴侣,玉簪、首饰插在头上。
从容的举止,端庄的相貌。
山一般的稳重,水一般的深沉。
华丽的礼服真真得体。
要说这个姑娘不好,还有什么话可讲!

鲜明又绚丽啊,是她衣服上的彩羽呀。
乌云一般的黑发,不用结上假发。
那宝玉做成的耳坠,那象牙制成的发钗。
映衬那白皙光洁的面容。
怎么像天仙一样! 怎么像帝女一样!

绚丽又鲜明啊,是她红纱做成的上衣呀。
罩上绉纱细葛衫,是她素色的内衣啊。
那清秀明媚的眉眼啊,映衬如玉的容颜。
像这样美丽的人啊,真是倾国又倾城呀!

桑 中

这是一篇男子约会的情歌。根据约会地点可知,此歌是在男女盛会时所唱。"期我""要我""送我"的排比连用,写出了女子的主动情态和男子的欢悦情怀。

爰采唐矣①? 沬之乡矣②。
云谁之思③? 美孟姜矣④。
期我乎桑中⑤,要我乎上宫⑥,
送我乎淇之上矣⑦!

爰采麦矣? 沬之北矣。
云谁之思? 美孟弋矣⑧。
期我乎桑中,要我乎上宫,
送我乎淇之上矣!

爰采葑矣⑨? 沬之东矣。
云谁之思? 美孟庸矣⑩。
期我乎桑中,要我乎上宫,
送我乎淇之上矣!

①爰:于何,到哪里。 唐:植物名,又名女萝。
②沬(mèi):卫国地名。 乡:郊内之地。
③云谁之思:思念谁。云,发语词。之,是。
④孟姜:姓姜的大姑娘。
⑤桑中:桑间或桑林之中,是男女会聚的地方。
⑥要:邀请。 上宫:桑林中的宫室。
⑦淇:水名,在沬邑东,青年男女多在这里聚会。
⑧弋:通"姒",夏后氏之姓。
⑨葑:蔓菁。
⑩庸:姓氏。

到哪儿去采女萝？到那沫邑的乡下呀。
我在心中思念谁？美丽的姜家大姑娘。
约我到桑林，邀我来上宫，
送我送到淇水上！

到哪儿去采麦呢？到沫邑的城北呀。
我在心中思念谁？美丽的弋家大姑娘。
约我到桑林，邀我来上宫，
送我送到淇水上！

到哪里去采蔓菁？到沫邑的城东呀。
我在心中思念谁？美丽的庸家大姑娘。
约我到桑林，邀我来上宫，
送我送到淇水上！

相　鼠

这首诗讽刺、抨击那些"虽居尊位，犹为暗昧之行"的统治者。诗中有愤怒的呵斥、无情的诅咒，同时也流露出一种激愤但又无奈的思想情绪。

相鼠有皮①，人而无仪②。
人而无仪，不死何为？

相鼠有齿，人而无止③。
人而无止，不死何俟④？

相鼠有体，人而无礼。
人而无礼，胡不遄死⑤？

①相鼠：今之黄鼠。一说相（xiàng）是视、看的意思。

②仪:礼仪。
③止:容止。
④俟(sì):等待。
⑤遄(chuán):快、速。

相鼠还有皮,做人没礼仪。
做人没礼仪,不死干什么?

相鼠还有齿,做人不知耻。
做人不知耻,不死等什么?

相鼠还有体,做人不守礼。
做人不守礼,还不快点死?

载 驰

这是许穆夫人叹惜宗国颠覆的诗篇。公元前660年,卫懿公为狄人所灭。许穆夫人闻讯后,不顾许国人的阻挠,来到漕邑吊唁,并写下该篇,以表达她的爱国情怀。

载驰载驱①,归唁卫侯②。
驱马悠悠③,言至于漕④。
大夫跋涉⑤,我心则忧。

既不我嘉⑥,不能旋反⑦。
视尔不臧⑧,我思不远。
既不我嘉,不能旋济⑨。
视尔不臧,我思不閟⑩。

陟彼阿丘⑪,言采其蝱⑫。
女子善怀⑬,亦各有行⑭。
许人尤之⑮,众稚且狂⑯。

我行其野，芃芃其麦⑰。
控于大邦⑱，谁因谁极⑲。
大夫君子，无我有尤⑳。
百尔所思，不如我所之㉑。

①载：且，乃。 驰：马快跑。 驱：用鞭子打马。
②唁：人有不幸前往慰问。这里指吊唁。
③悠悠：道路遥远的样子。
④言：乃。 漕：卫国地名。
⑤跋：过山。 涉：渡水。
⑥嘉：赞同。
⑦旋反：马上返回（卫国）。
⑧臧：善。
⑨旋济：马上停止。
⑩闶：通"悶"，谨慎。
⑪陟（zhì）：登。
⑫蝱（máng）：贝母。
⑬善怀：多愁善感。
⑭行：道。
⑮尤：责怪、埋怨。
⑯众稚且狂：又幼稚又狂妄。众，终，既。
⑰芃芃（péng）：茂盛的样子。
⑱控：赴告。
⑲谁因谁极：谁可靠，谁是靠山。因，依靠。极，本，靠山。
⑳无：不要。 尤：责备。
㉑我所之：我所想到的。

赶着马儿驾着车，慰问卫侯回国去。
打马走过漫漫长途，
我来到了漕邑。
大夫们跋山涉水追赶我，
我的心中涌上阵阵忧愁。

即使你们不赞成我走，
我也不能马上就回头。

我看你们的主张不高明，
难道我的想法也不长远？
即使你们不赞成我走，
我也不能马上就停留。
我看你们的主张不高明，
我的考虑不是不谨慎。

登上那边的山丘，
去采摘那贝母草。
女子们多愁善感，
也有自己的主张。
许国人对我埋怨不休，
认为我既幼稚又轻狂。

我走到那边的田野上，
麦苗儿正在蓬勃成长。
把国难向大国报告，
谁能依靠？谁靠得住？
各位大夫高官啊，
不要再责备我荒唐。
即使你们有千百个主意，
也没有我一个人想得周详！

◎卫 风

硕 人

题解

《左传·隐公三年》传云:"卫庄公娶于齐东宫得臣之妹,曰庄姜,美而无子,卫人所以赋'硕人'也。"这是关于《硕人》的最早记录。诗篇以庄姜之美为中心,一时将庄姜无边的美好,送入卫人眼中,使人感叹咏唱而情不能尽。

原诗

硕人其颀①,衣锦褧衣②。
齐侯之子③,卫侯之妻,
东宫之妹④,邢侯之姨⑤,
谭公维私⑥。

手如柔荑⑦,肤如凝脂⑧,
领如蝤蛴⑨,齿如瓠犀⑩,
螓首蛾眉⑪,巧笑倩兮⑫,
美目盼兮⑬。

硕人敖敖⑭,说于农郊⑮。
四牡有骄⑯,朱幩镳镳⑰,
翟茀以朝⑱。大夫夙退⑲,
无使君劳⑳。

河水洋洋㉑,北流活活㉒。
施罛濊濊㉓,鱣鲔发发㉔。
葭菼揭揭㉕,庶姜孽孽㉖,
庶士有朅㉗。

①硕人:美人。 颀(qí):身材高挑,苗条。
②衣:穿。 锦褧(jiǒng)衣:锦制的罩衣。一说锦褧衣是锦衣和罩衣。
③子:女儿。
④东宫:太子。
⑤姨:妻子的姐妹。
⑥私:姐妹的丈夫。
⑦柔荑:初生的茅芽,形容手的滑柔嫩白。
⑧凝脂:凝结的膏脂,形容皮肤白而细润。
⑨领:脖颈。 蝤蛴(qiúqí):木中所生的长白虫,比喻脖颈白而长。
⑩瓠犀(hùxī):葫芦籽,形容牙齿洁白整齐。
⑪螓(qín):虫名,似蝉而小,顶方广而正。形容额头方广而正。 蛾:似蝶而小,前有触角弯曲如眉,这里形容眉细长而曲。
⑫倩:笑的样子。
⑬盼:眼睛黑白分明的样子。
⑭敖敖:高大的样子。
⑮说(shuì):休息。 农郊:近郊。
⑯四牡:驾车的四匹雄马。 骄:健壮的样子。
⑰朱帻(fén):马口衔铁两边的朱帛装饰。 镳镳(biāo):美盛的样子。
⑱翟茀(fú):用野鸡毛装饰的车子蔽盖。 朝:朝见卫君。
⑲夙退:早退。
⑳无使君劳:不要让国君过于劳累。
㉑洋洋:水流浩大的样子。
㉒活(guō)活:水流的声音。
㉓施:设。 罛(gū):渔网。 濊濊(huò):渔网入水的声音。
㉔鳣(zhān):鲤鱼中的一种。 鲔(wěi):形似鳣鱼色青黑。 发发:鱼跳动的样子。
㉕葭菼(jiātǎn):芦荻。 揭揭:长长的样子。
㉖庶姜:指陪嫁的众女人。庶,众、多。 孽孽(niè):大的样子。
㉗庶士:指护送的众小伙。 朅(qiè):威武强壮的样子。

那美人儿个儿高高,
身上披着锦制的罩袍。
她是齐侯的女儿,卫侯的妻子,
太子的妹妹,邢侯的小姨,
谭公是她的姐夫。

她的手指像柔嫩的白茅,

皮肤像光润的脂膏。
脖子像木虫儿白嫩细长,
牙齿像葫芦籽雪白成行。
蝉额方正蛾眉弯弯,
轻巧的微笑露出酒窝,
美丽的眼睛像闪光秋波。

那美人儿个儿高高,
她的车儿停在近郊。
四匹公马多么雄壮,
马辔头红绸飘飘,
她乘着雉毛装饰的车儿去上朝。
大夫们早上退了朝,
免得国君太操劳。

河水浩浩荡荡,哗哗地向北流淌。
渔网入水苏苏响,鳣鱼鲔鱼跳上网。
芦荻根根长又长,美女个个都盛装,
护送的小伙们真强壮。

氓

传统上认为这是一首弃妇诗。但把它看作一出家庭悲剧似乎更近诗意。从诗中透露的信息看,女子所在之地在城中,当为"国人",氓却是郊外的野人。两人地位悬殊,女子因过不惯男家的穷日子,更受不了男子的粗暴,故弃而自去,悔及当初。

氓之蚩蚩①,抱布贸丝②。
匪来贸丝,来即我谋③。
送子涉淇,至于顿丘④。
匪我愆期⑤,子无良媒⑥。
将子无怒⑦,秋以为期⑧。

乘彼垝垣⑨,以望复关⑩。

不见复关，泣涕涟涟⑪。
既见复关，载笑载言⑫。
尔卜尔筮⑬，体无咎言⑭。
以尔车来，以我贿迁⑮。

桑之未落，其叶沃若⑯。
于嗟鸠兮⑰！无食桑葚⑱。
于嗟女兮！无与士耽⑲。
士之耽兮，犹可说也⑳。
女之耽兮，不可说也。

桑之落矣，其黄而陨㉑。
自我徂尔㉒，三岁食贫㉓。
淇水汤汤㉔，渐车帷裳㉕。
女也不爽㉖，士贰其行㉗。
士也罔极㉘，二三其德㉙。

三岁为妇，靡室劳矣㉚。
夙兴夜寐㉛，靡有朝矣㉜。
言既遂矣㉝，至于暴矣㉞。
兄弟不知，咥其笑矣㉟。
静言思之，躬自悼矣㊱。

及尔偕老㊲，老使我怨㊳。
淇则有岸，隰则有泮㊴。
总角之宴㊵，言笑晏晏㊶。
信誓旦旦㊷，不思其反。
反是不思㊸，亦已焉哉㊹！

①氓(méng)：诗中的男主人公。 咥咥(chī)：嗤嗤，嬉笑的样子。
②贸：交易。

③即:就,这里有找的意思。 谋:商量婚事。
④顿丘:地名。
⑤愆(qiān)期:拖延期限。
⑥良媒:好媒人。
⑦将(qiāng):请、愿。
⑧期:婚期。
⑨乘:登。 垝(guǐ)垣:高墙。
⑩复关:在往来要道设的关卡。复,返。关,关卡、城关。
⑪泣涕:因悲伤而落泪。 涟涟:泪流不断的样子。
⑫载:又。
⑬尔:乃。 卜:用龟甲占卜。 筮(shì):用蓍草算卦。
⑭体:卜筮的结果。一说卦。
⑮贿:财物。
⑯沃若:沃然,桑叶嫩润茂盛的样子。
⑰于嗟:悲叹声。
⑱桑葚(shèn):桑树的果实。
⑲耽:沉湎于欢乐。
⑳说:通"脱",解脱。
㉑其黄而陨:叶黄而落下。陨,落。
㉒徂尔:嫁给你。徂,往。尔,你。
㉓三岁:三年,泛指多年。 食贫:生活贫苦。
㉔汤汤(shāng):水势浩大的样子。
㉕渐:浸湿。 帷裳:车上的布幔。
㉖爽:差错。
㉗贰:改变。
㉘罔极:反复无常。
㉙二三其德:三心二意。
㉚靡室劳矣:不以室内之劳为劳。
㉛夙兴夜寐:早起晚睡。
㉜靡有朝矣:没有一日不如此。
㉝言既遂矣:计谋既成。言,谋。遂,成。
㉞暴:暴虐。
㉟咥(xì)其:咥然,耻笑的样子。
㊱躬自:自身,自己。 悼:悲伤。
㊲及尔偕老:和你一同老死。
㊳老使我怨:这样只能使我怨恨。老,指上面的"偕老"之事。
㊴隰(xí):水名。 泮(pàn):通"畔",边。
㊵总角:男女未成年时头上结的发角。 宴:欢乐。
㊶晏晏:温柔的样子。
㊷信誓:诚信的盟誓。 旦旦:诚恳的样子。

㊸反是不思:违背誓言不加考虑。是,誓言。
㊹亦已焉哉:就算了吧。

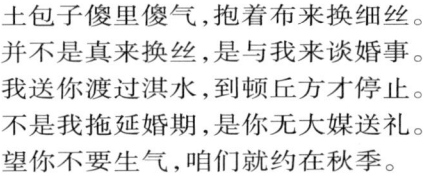

土包子傻里傻气,抱着布来换细丝。
并不是真来换丝,是与我来谈婚事。
我送你渡过淇水,到顿丘方才停止。
不是我拖延婚期,是你无大媒送礼。
望你不要生气,咱们就约在秋季。

登上那高大的城墙,盼望你再进郊关。
不见你再进郊关,忍不住泪水汪汪。
看见你进入郊关,我才又喜笑又言谈。
于是就占卜问卦,幸好那卦兆吉祥。
将你的车子赶来,载我的财物前往。

桑叶还没有凋零,叶子是那样肥润。
哎哟斑鸠呀,不要贪吃桑葚。
哎哟姑娘呀,不要与男子痴情。
男子痴情呀,还可以解脱。
姑娘痴情呀,可没法解脱呀!

桑树凋谢了,叶子变得枯黄。
自从嫁到你家,穷光景过了几年。
淇水哗哗地流淌,溅湿了车的帷裳。
姑娘的心并没有变,可男子变了心肠。
男子呀真难捉摸,经常是反复无常。

做了几年媳妇,家务活儿全要我劳。
赶早摸黑地干活,没有一天不受煎熬。
你的目的已经达到,态度竟变得粗暴。
兄弟们不知我心,反而一旁讥笑。
静静地想一想,只有自己伤悼。

本想与你偕老,这样只能使我生怨。
淇水还有涯岸,泽地也有边畔。
在留着发辫的当年,我们曾言笑结欢。

曾赌咒发过盟誓,绝对没有想到会变。
誓言既已被抛,无奈何也只好罢了。

竹　竿

这首诗是写隔水相思的恋情,与《汉广》、《蒹葭》等诗意相近。其中"巧笑之瑳,佩玉之傩"是男子隔水看到的情景,他可以看到女子的笑貌风神,却隔水不能与她相会,所以才说"岂不尔思,远莫致之"。

　　　　籊籊竹竿①,以钓于淇。
　　　　岂不尔思②? 远莫致之③。

　　　　泉源在左④,淇水在右。
　　　　女子有行⑤,远兄弟父母。

　　　　淇水在右,泉源在左。
　　　　巧笑之瑳⑥,佩玉之傩⑦。

　　　　淇水滺滺⑧,桧楫松舟⑨。
　　　　驾言出游⑩,以写我忧⑪。

①籊籊(dí):细长的样子。
②尔思:思尔。思念你。
③致:到达。
④泉源:水名。
⑤行:道,为妇之道,出嫁。
⑥瑳(cuō):露着牙齿笑的样子。
⑦傩(nuó):袅娜。
⑧滺滺(yóu):悠悠,水流动的样子。
⑨桧楫:桧木作的桨。楫,桨。
⑩驾:本意是驾车,这里是操舟。
⑪写:消除。

竹竿啊,长又长,钓鱼在那淇水上。
我怎能不把你想?路远不能回故乡。

左边啊,有泉源,右边啊,淇水流。
姑娘出嫁了,远离父母兄弟啦。

右边啊,淇水流,左边啊,有泉源。
笑着现出小酒窝,佩着玉儿真袅娜。

淇水啊,悠悠地流,桧木桨儿松木舟。
驾着舟儿去出游,但愿能消心中愁。

河 广

此诗本义是说卫宋两国之近,交通之便。至于是在什么样的背景下产生的说法,则颇耐人寻味:或是卫人嫁宋者望情人来探望,或是自己钟情的女子远嫁宋国,凡此种种,不得而知。

谁谓河广?一苇杭之①。
谁谓宋远?跂予望之②。

谁谓河广?曾不容刀③。
谁谓宋远?曾不崇朝④。

①一苇:一枝芦苇,形容船小。 杭:通"航"。
②跂(qǐ):踮起脚尖。 予:而。
③刀:通"舠",小船。
④崇朝:终朝,一个早晨。

谁说黄河宽又广?芦苇编筏可以航行。
谁说宋国遥又远?踮起脚尖就望得见。

谁说黄河宽又广？容不下一只小小船。
谁说宋国遥又远？用不了一早就到那边。

伯 兮

这是一篇妇人怀念征夫的诗。忆之真，望之切，思之深，开后世思妇诗之先河。

伯兮朅兮①，邦之桀兮②。
伯也执殳③，为王前驱④。

自伯之东⑤，首如飞蓬⑥。
岂无膏沐⑦，谁适为容⑧！

其雨其雨，杲杲出日⑨。
愿言思伯⑩，甘心首疾⑪。

焉得谖草⑫？言树之背⑬。
愿言思伯，使我心痗⑭。

①伯：女子对丈夫亲昵的称呼，像今天叫哥哥。 朅(qiè)：勇武的样子。
②邦：国家。 桀：通"傑"，特殊的人才。
③殳(shū)：兵器名。
④王：诸侯。 前驱：先锋。
⑤之：往、去。
⑥蓬：蓬草。
⑦膏沐：润发的脂膏。
⑧适：悦。 容：打扮。
⑨杲杲(gǎo)：日光高照的样子。
⑩愿言：思念的样子。
⑪甘心：甘愿。 首疾：头痛。
⑫焉：何，什么地方。 谖(xuān)草：萱草，忘忧草。
⑬言：乃。 树：种植。 背：北、北堂。

⑭心痗(mèi)：心病。内心痛苦。

今译

哥哥啊，真勇武，在咱国家数英雄。
哥哥手中拿殳杖，为王打仗做先锋。

自从哥哥东征去，我的头发乱蓬蓬。
不是因为膏脂缺，打扮漂亮为了谁？

下雨吧，下雨吧，偏偏又出红太阳。
一心只把哥哥想，想得头痛也无妨。

哪儿能找忘忧草？北堂下面去栽好。
一心只把哥哥想，想得心痛又何妨？

有　狐

题解

这首诗写一个姑娘爱上一个小伙子，当与小伙子在淇水游乐时，她看到了小伙子破旧的衣着，她希望早点嫁给他，为他缝裳做衣。

原诗

有狐绥绥①，在彼淇梁②。
心之忧矣，之子无裳③。

有狐绥绥，在彼淇厉④。
心之忧矣，之子无带⑤。

有狐绥绥，在彼淇侧⑥。
心之忧矣，之子无服。

①狐：狐狸，这里比喻男子。　绥绥(suī)：毛色散舒的样子。一说独行求匹的样子。
②淇梁：淇水的石堰。一说梁为石桥。
③之子：这个人。
④厉：即渡水时踩的厉石。一说通"濑"，指水边浅滩。

⑤带:束衣的带子。
⑥侧:水边。

  小狐狸,毛儿光,徘徊淇水石堰上。
  我的心儿忧伤啊,心上的人儿没衣裳。

  小狐狸,毛儿光,徘徊淇水履石上。
  我的心儿忧伤啊,心上的人儿没衣带。

  小狐狸,毛儿光,徘徊淇水岸侧旁。
  我的心儿忧伤啊,心上的人儿没衣服。

木 瓜

  这是一首投果恋歌。闻一多说:"女之求士也,相投之以木瓜,示愿以身相许之意,士亦嘉纳其意,因报之以琼瑶以定情也……"此说得之。

  投我以木瓜①,报之以琼琚②。
  匪报也,永以为好也③。

  投我以木桃,报之以琼瑶④。
  匪报也,永以为好也。

  投我以木李,报之以琼玖⑤。
  匪报也,永以为好也。

①投:赠送、给予。
②琼:美玉。 琚(jū):佩玉名。
③好:结好。
④琼瑶:美玉。
⑤玖(jiǔ):佩玉名。

送给我一个木瓜,报答他一个琼琚。
并不是为了报答,是为了永结同好。

送给我一个木桃,报答他一个琼瑶。
并不是为了报答,是为了永结同好。

送给我一个木李,报答他一个琼玖。
并不是为了报答,是为了永结同好。

◎王 风

黍 离

诗篇以凄婉哀伤的情调,描绘出一个长期流亡在外的人孤寂悲凉的心情。由写景物,到写神态,一步步地展示出抒情主人公的悲苦情状。

彼黍离离①,彼稷之苗。
行迈靡靡②,中心摇摇③。
知我者谓我心忧,
不知我者谓我何求。
悠悠苍天④,此何人哉?

彼黍离离,彼稷之穗。
行迈靡靡,中心如醉⑤。
知我者谓我心忧,
不知我者谓我何求。
悠悠苍天,此何人哉?

彼黍离离,彼稷之实。
行迈靡靡,中心如噎⑥。
知我者谓我心忧,
不知我者谓我何求。
悠悠苍天,此何人哉?

①离离:形容茎叶披散的样子。一说有行列的样子。
②行迈:行行,迈有远行的意思。　靡靡:迟迟,步行缓慢的样子。

③中心：心中。 摇摇：忧伤无所诉说的样子。
④悠悠：茫茫。
⑤如醉：内心因忧伤而错乱。
⑥如噎(yē)：内心因忧伤而气逆。

　　　那黍子茎叶披散，那高粱也长出新苗。
　　　脚步慢慢腾腾无去向，
　　　心中忧忧伤伤没依归。
　　　理解我的人说我忧愁，
　　　不理解我的人当我有什么寻求。
　　　茫茫无际的苍天啊，谁把我弄成这个样子？

　　　那黍子茎叶披散，那高粱也长成新穗。
　　　脚步慢慢腾腾无去向，
　　　心中昏昏乱乱没依归。
　　　理解我的人说我忧愁，
　　　不理解我的人当我有什么寻求。
　　　茫茫无际的苍天啊，谁把我弄成这个样子？

　　　那黍子茎叶披散，那高粱结了籽儿。
　　　脚步慢慢腾腾无去向，
　　　心中哽哽咽咽无依归。
　　　理解我的人说我忧愁，
　　　不理解我的人当我有什么寻求。
　　　茫茫无际的苍天啊，谁把我弄成这个样子？

君子于役

这是一首闺怨诗。语言浅显，情思缠绵。从唠唠叨叨的村妇话语中，流露出思妇的哀伤。

　　　君子于役①，不知其期②。
　　　曷至哉③？鸡栖于埘④，
　　　日之夕矣，羊牛下来。

君子于役,如之何勿思⑤?

君子于役,不日不月⑥。
曷其有佸⑦?鸡栖于桀⑧,
日之夕矣,羊牛下括⑨。
君子于役,苟无饥渴⑩。

①君子:妻子对丈夫的敬称。 于役:去服役。
②期:期限、归期。
③曷至:飘自何处。一说何时回来。
④埘(shí):凿墙而成的鸡窝。
⑤如之:像这样。
⑥不日不月:时间不以日月计算,极言外出的长久。
⑦佸(huó):相会、团聚。
⑧桀:把多枝的树干立在地上供鸡栖息的地方。
⑨括:至。
⑩苟:且、或,带有希望的意思。

当家的出去服役,全然不知道归期。
究竟到了何处?群鸡已经归窝,
太阳已经落山,牛羊下了山坡。
当家的出去服役,叫人怎能不思念?

当家的出去服役,日月也无法算计。
何时才能相会?群鸡已经上架,
太阳已经落山,牛羊已经回家。
当家的出去服役,但愿不要受饥渴。

中谷有蓷

这是一首悲悯嫠妇的诗。诗人看到一位流离失所女性的不幸,动了恻隐之心,又苦于无能为力,于是始则"歌",继而"欷",终而"泣"。

中谷有蓷①,暵其干矣②!
有女仳离③,嘅其叹矣④!
嘅其叹矣,遇人之艰难矣⑤!

中谷有蓷,暵其脩矣⑥!
有女仳离,条其歗矣⑦!
条其歗矣,遇人之不淑矣⑧!

中谷有蓷,暵其湿矣⑨!
有女仳离,啜其泣矣⑩!
啜其泣矣,何嗟及矣⑪!

①中谷:山谷之中。 蓷(tuī):益母草。
②暵(hàn)其:干燥枯萎的样子。
③仳(pǐ)离:离异。
④嘅(kǎi):叹息的样子。
⑤人:所嫁之人,即丈夫。
⑥脩(xiū):本义是干脯,这里用来形容干枯的样子。
⑦条:声长的样子。 歗(xiào):吹气出声,这是古人发泄情感的一种方式。
⑧不淑:不幸。
⑨湿:干了又湿。
⑩啜(chuò):哭泣的样子。
⑪何嗟及矣:嗟何及矣,后悔也来不及了。

山谷里的益母草,根根叶叶都枯槁!
有个女子被抛弃,悲伤地叹息了!
悲伤地叹息了,
嫁了个负心汉,处境真不好!

山谷里的益母草,根根叶叶都干燥!
有个女子被抛弃,哀苦地呼号了!
哀苦地呼号了,

嫁了坏男子,身世真不幸!

山谷里的益母草,根根叶叶似火烤!
有个女子被抛弃,凄切地哭泣了!
凄切地哭泣了,
不论多后悔,也来不及了!

兔 爰

这是一篇感时伤乱之作。他怀念过去,试图忘情世事,以自欺的方式来解除苦闷。诗中三章反复道其哀伤,俨然凄切的亡国之音。

有兔爰爰①,雉离于罗②。
我生之初,尚无为③。
我生之后,逢此百罹④。
尚寐无吪⑤!

有兔爰爰,雉离于罦⑥。
我生之初,尚无造⑦。
我生之后,逢此百忧。
尚寐无觉!

有兔爰爰,雉离于罿⑧。
我生之初,尚无庸⑨。
我生之后,逢此百凶。
尚寐无聪⑩!

①爰爰:舒缓的样子。
②雉:野鸡。 离:遭遇。
③无为:天下无事。

④百罹:多种忧患。罹,忧伤、忧虑。
⑤寐:睡。 吪(é):动。
⑥罦(fú):捕鸟的网车。
⑦无造:同无为。造,为。
⑧罿(chōng):捕鸟的网。
⑨庸:用,一说劳。
⑩无聪:不闻。

　　　　兔子悠闲地走着,野鸡落进了网罗。
　　　　在我出生之前,世道尚还平和。
　　　　当我出生之后,却逢百般灾祸。
　　　　但愿长睡不再活动。

　　　　兔子悠闲地走着,野鸡落进了网车。
　　　　在我出生之前,世道尚还安定。
　　　　当我出生之后,却遭百般忧患。
　　　　但愿长睡不再醒来。

　　　　兔子悠闲地走着,野鸡落进了网圈。
　　　　在我出生之前,世道尚还安闲。
　　　　当我出生之后,却碰百般灾凶。
　　　　但愿长睡不再听见。

葛藟

这是一曲入赘者的悲歌,诗中反映出入赘者认他人作父母仍得不到怜爱的悲苦。

　　　　绵绵葛藟①,在河之浒②。
　　　　终远兄弟③,谓他人父。
　　　　谓他人父,亦莫我顾④。

　　　　绵绵葛藟,在河之涘⑤。
　　　　终远兄弟,谓他人母。

谓他人母,亦莫我有⑥。

绵绵葛藟,在河之漘⑦。
终远兄弟,谓他人昆⑧。
谓他人昆,亦莫我闻⑨。

①绵绵:延绵不断的样子。 葛藟(lěi):千岁藤。
②浒:岸边。
③终:既。 远:远离。
④顾:顾念。
⑤涘(sì):水边。
⑥有:友,相亲相爱。
⑦漘(chún):河岸。
⑧昆:兄长。
⑨闻:问,过问。

千岁藤长绵绵,蔓延在河岸边。
远别我的兄弟,称呼别人爸爸。
称呼别人爸爸,也不照顾我。

千岁藤长绵绵,蔓延在河旁边。
远离我的兄弟,称呼别人妈妈。
称呼别人妈妈,也不愿爱我。

千岁藤长绵绵,蔓延在河水边。
远离我的兄弟,称呼别人哥哥。
称呼别人哥哥,也不过问我。

采 葛

题解

从此诗所咏之物,所言之情可以看到,这是一篇怀人之作。而这种如火如荼的感情,当迸发于热恋的情人间。因而此诗是写热恋中的相思。

原诗

彼采葛兮①,一日不见,
如三月兮!

彼采萧兮②,一日不见,
如三秋兮③!

彼采艾兮④,一日不见,
如三岁兮⑤!

注释

①葛:一种蔓草,皮可织布。
②萧:香蒿。
③三秋:一个秋季三个月,三秋九个月。
④艾:多年生草本植物,形如蒿,烧艾叶可以灸病。
⑤三岁:三年。

诗意

那采葛的人儿哟,
 一天不见她呀,就像隔了三月啦!

那采蒿的人儿哟,
 一天不见她呀,就像隔了三秋啦!

那采艾的人儿哟,
 一天不见她呀,就像隔了三年啦!

大 车

题解

此诗是一个女子坚贞的爱情誓言。她钟情于这位乘大车的贵族,热烈地爱着他,但又怕他没有勇气冲破阻挠。因此她发誓,生不能同室,死也要同穴。

原诗

大车槛槛①,毳衣如菼②。
岂不尔思③？畏子不敢。

大车啍啍④,毳衣如璊⑤。
岂不尔思？畏子不奔。

穀则异室⑥,死则同穴。
谓予不信⑦,有如皦日⑧。

注释

①大车:贵族乘坐的车。一说牛车。 槛槛(kǎn):车行进时的声音。
②毳(cuì)衣:大夫之服。毳,兽的细毛。一说毳衣是车上蔽风雨的帷帐,用毛制成。 菼(tǎn):初生的芦苇,这里指青绿的颜色。
③尔思:思尔,思念你。
④啍啍(tūn):车行进的声音。
⑤璊(mén):玉赤色,这里指赤红的颜色。
⑥穀(gǔ):生,活着。
⑦谓予不信:如果我的话无凭信。
⑧如:此。 皦(jiǎo)日:白日。

诗意

大车行进声隆隆,细毛车帐青绿色。
难道我不把你想？怕你做事不大胆。

大车行进声隆隆,细毛车帐颜色红。
难道我不把你想？怕你不和我私奔。

活着不能住一起,死后也要去合葬。
你要说我是撒谎,太阳作证在天上。

◎郑 风

将仲子

题解

这是一首姑娘的懊恼歌。诗中表现她在家庭和社会的压力下,一方面要恋爱,一方面又惧怕舆论的矛盾心理。有柔情、有苦恼、有畏惧,一副弱女子的情肠!

原诗

将仲子兮①!无逾我里②,
无折我树杞③!岂敢爱之④?
畏我父母。仲可怀也⑤,
父母之言,亦可畏也!

将仲子兮!无逾我墙⑥,
无折我树桑⑦!岂敢爱之?
畏我诸兄。仲可怀也,
诸兄之言,亦可畏也!

将仲子兮!无逾我园,
无折我树檀⑧!岂敢爱之?
畏人之多言。仲可怀也,
人之多言,亦可畏也!

①将:请。 仲子:指女子的情人。仲,排行第二的。
②逾:越过。 里:里墙。
③树杞(qǐ):杞树。
④爱:爱惜。
⑤怀:思念。
⑥墙:外墙。

⑦树桑:桑树。
⑧树檀(tán):檀树。

求求你,情哥哥,不要翻过我家的门楼,
不要把杞树来压伤。
并不是因为爱惜它,只怕爹妈说闲话。
情哥哥我自然牵挂,
爹妈的闲话,也叫我害怕!

求求你,情哥哥,不要翻过我家的墙,
不要把桑树来压伤。
并不是因为爱惜它,只怕哥哥说闲话。
情哥哥我自然牵挂,
哥哥的闲话,也叫我害怕!

求求你,情哥哥,不要翻过我园的墙,
不要把檀树来压伤。
并不是因为爱惜它,只怕别人多闲话。
情哥哥我自然牵挂,
别人的闲话,也叫我害怕!

叔于田

题解

这是一首赞美少年猎手的歌。不是从技艺上去实写,而是以他走后造成的空虚心境,去追想他平素的举止。反复赞叹他的"美",正道出姑娘的无限爱慕与思念之情。

叔于田①,巷无居人。
岂无居人?不如叔也,
洵美且仁②。

叔于狩③,巷无饮酒。
岂无饮酒?不如叔也,

洵美且好④。

叔适野⑤,巷无服马⑥。
岂无服马？不如叔也,
洵美且武⑦。

①于田:去打猎。于,往。田,打猎。
②洵:信,确实。 仁:仁善。
③狩:打猎。冬天打猎叫做狩。
④好:品质好,性格和善。
⑤适:往。
⑥服马:乘马。
⑦武:英勇。

阿叔去郊猎,里巷空空不见人。
难道真的没有人？阿叔没人比得上,
确实英俊又仁善。

阿叔去冬猎,里巷没人来喝酒。
难道真没有喝酒？阿叔没人比得上,
确实英俊又善良。

阿叔去郊猎,里巷没有来驾马。
难道没人来驾马？阿叔没人比得上,
确实英俊又威武。

遵大路

　　这是一首夫妇送别诗。寥寥数语,既写出送别的地点和即将离别时携手送行的情景,又写出了妻子对丈夫的担心与叮咛!

遵大路兮①,掺执子之祛兮②!

无我恶兮③！不寁故也④！

遵大路兮，掺执子之手兮！
无我魗兮⑤！不寁好也！

①遵：循，沿着。
②掺(shǎn)执：牵拉。 袪(qū)：袖子。
③恶：丑恶，一说讨厌。
④寁(jié)：急速断绝。 故：故情、旧情。
⑤魗(chǒu)：丑。

沿着大路走啊，拉着你的袖啊！
不要厌恶我啊！旧情不能这样快地断啊！

沿着大路走啊，拉着你的手啊！
不要嫌我丑啊！恩情不能这样快地断啊！

女曰鸡鸣

这是一首幽会恋歌。第一章惊惧，第二章甜蜜，第三章热闹。情势变化，不着痕迹，确是一篇好诗。

女曰："鸡鸣。"士曰："昧旦①。"
"子兴视夜②，明星有烂③。"
"将翱将翔④，弋凫与雁⑤。"

"弋言加之⑥，与之宜之⑦。
宜言饮酒，与子偕老。
琴瑟在御⑧，莫不静好。"

"知子之来之⑨，杂佩以赠之⑩。

知子之顺之⑪，杂佩以问之⑫。
知子之好之，杂佩以报之。"

①士：男子的通称，诗中多指未婚男子。　昧旦：天没有亮。
②兴：起，起床。　视夜：察看夜色。
③明星：启明星。　有烂：明亮的样子。
④将翱将翔：鸟飞的样子。
⑤弋(yì)：用带线绳的箭射鸟。　凫(fú)：野鸭。
⑥加之：射中它。
⑦宜：同"肴"，将野鸭和鸿雁做成佳肴。
⑧御：用，弹奏。
⑨来：和顺，与下文的顺、好同义。
⑩杂佩：汇集各种玉而成的佩饰。
⑪顺：和顺、柔顺。
⑫问：慰问，赠送。

　　姑娘说："鸡已鸣。"小伙说："天未明。"
　　"你且起来看看天，启明星儿光闪闪。"
　　"野鸭大雁将飞翔，快拿箭来把弓张。"

　　"射着野鸭和大雁，和你一起做佳肴。
　　有了佳肴好下酒，祝福你我到白头。
　　弹起琴来奏起瑟，多么祥和又美好。"

　　"知你对我很多情，送你杂佩答你爱。
　　知你对我很柔顺，送你杂佩表谢意。
　　知你对我很真心，送你杂佩结同心。"

有女同车

　　这是一篇迎亲恋歌。男子与心爱的姑娘同车而行，他感到无比兴奋，心中充满了甜蜜感。这种感觉是他终身难忘的。

有女同车，颜如舜华①。
将翱将翔②，佩玉琼琚③。
彼美孟姜④，洵美且都⑤。

有女同行，颜如舜英⑥。
将翱将翔，佩玉将将⑦。
彼美孟姜，德音不忘⑧。

①舜华：木槿花。华，通"花"。
②翱翔：这里用来形容体态轻盈的样子。
③琼琚：珍美的佩玉。琼，美玉。琚，佩玉的一种。
④孟姜：姜姓长女。这里是美人的代称。
⑤洵：确实。　都：安闲。
⑥英：花。
⑦将将：锵锵，佩玉相撞的声音。
⑧德音：美好的名誉。

曾经有位姑娘与我同车，
她的容颜像木槿的花朵。
罗衣飘飘像鸟儿飞翔，
精美的琼琚佩在腰间。
那美丽的好姑娘，
实在是漂亮安闲！

曾经有位姑娘与我同行，
她的容颜像木槿的花蕾。
罗衣飘飘像鸟儿飞翔，
精美的琼琚丁丁作响。
那美丽的好姑娘，
她的好处不能忘！

山有扶苏

题解

这是一首戏谑的情歌。"狂且"、"狡童"是女子对情人的戏谑之称。戏谑者含着深情,被戏谑者倍觉幸福。

原诗

山有扶苏①,隰有荷华②。
不见子都③,乃见狂且④。

山有桥松⑤,隰有游龙⑥。
不见子充,乃见狡童⑦。

注释

①扶苏:木名,即扶桑。
②荷华:荷花。
③子都:和下文的子充都是古代美男子名。
④狂且:狂行钝拙的人,傻瓜。
⑤桥松:高大的松树。桥,通"乔",高大。
⑥游龙:草名,红草。
⑦狡童:与狂且为一类,与子都、子充相对,是骂辞,相当于坏蛋。

诗意

山上有扶桑,水里有荷花。
没有找着美男,却遇上你这傻瓜。

山上有乔松,水中有红草。
没有找着美男,却碰上你这坏蛋。

萚 兮

题解

这是一首择偶情歌。每章前两句写落叶秋风,写景;后两句言情,言自己的请求。诗极短而感情极丰富,形式极灵动。

萚兮萚兮①,风其吹女②。
　　　　叔兮伯兮,倡,予和女③。

　　　　萚兮萚兮,风其漂女④。
　　　　叔兮伯兮,倡,予要女⑤。

①萚(tuò):落叶。
②女:汝,指树叶。
③倡:唱。　和:伴唱。　女:汝,指叔、伯。
④漂:飘,吹动。
⑤要:会合。

　　　　落叶呀落叶,秋风将你吹落。
　　　　阿哥呀阿弟,你唱我来和。

　　　　落叶呀落叶,秋风将你吹动。
　　　　阿哥呀阿弟,你唱我来拍。

狡　童

　　这是一首描写情场风波的诗。小伙子生了气,对姑娘不理不睬,害得姑娘食不甘味、寝不安席。

　　　　彼狡童兮①! 不与我言兮!
　　　　维子之故②,使我不能餐兮!

　　　　彼狡童兮! 不与我食兮!
　　　　维子之故,使我不能息兮③!

①狡童:相当于坏小子,傻小子,爱极之反语。
②子:你。
③息:寝息。

你这坏小子啊! 不和我说话啊!
只是为了你呀,叫我吃饭都吃不下啊!

你这傻小子啊! 不和我同餐啦!
只是为了你呀,叫我睡觉都不安啊!

褰 裳

这是一首非常活泼的情歌,姑娘主动戏谑小伙,大胆直率,富有情趣。

子惠思我①,褰裳涉溱②。
子不我思,岂无他人?
狂童之狂也且③!

子惠思我,褰裳涉洧④。
子不我思,岂无他士?
狂童之狂也且!

①子:女子称他的情人。 惠:爱。
②褰(qiān)裳:提起衣裳。褰,用手提起。 溱(zhēn):水名。
③之:其,那样。 也且(jū):语助词。
④洧(wěi):水名。

你要是爱我,提起裤腿渡溱水。
你要不爱我,难道世上没人吗?
笨蛋怎么这样笨哟!

你要是爱我,提起裤管渡洧水。
你要不爱我,难道世上没人啦?
傻瓜怎么这样傻哟!

丰

题解

这是一首描写婚姻变故中女子苦恼的诗。诗的大意是:男子迎亲时,女方变了卦,遂使喜事成了闹剧。女子悔恨自己未能与这个标致的小伙成婚,于是苦恼不已。

原诗

子之丰兮①,俟我乎巷兮②。
悔予不送兮③。

子之昌兮④,俟我乎堂兮。
悔予不将兮⑤。

衣锦褧衣⑥,裳锦褧裳。
叔兮伯兮,驾予与行⑦。

裳锦褧裳,衣锦褧衣。
叔兮伯兮,驾予与归⑧。

①丰:丰满美好的样子。
②俟(sì):等候。
③予:我,这里指我家。 送:送亲。
④昌:健美的样子。
⑤将:顺从,随行。
⑥衣:穿着。 锦褧(jiǒng)衣:锦制的罩衣。
⑦驾:驾车。
⑧归:嫁过去。

你的面容真丰润啊,在巷口等我去成婚,
我后悔我家人没有去送亲。

你的体魄真健美啊,在堂上等我去成亲。
我后悔我当时没有随你行。

穿着锦制的罩衣,穿着锦制的罩裳。
阿哥呀,阿弟呀,驾起车接我赶路吧。

穿着锦制的罩裳,穿着锦制的罩衣,
阿哥呀,阿弟呀,驾起车接我回家吧。

东门之墠

这是一首男女对歌言情的诗篇。男子由茹藘起兴,表达了对女子的羡慕之情。女子则以思家室作答,表示自己正期待着男子的爱情。

东门之墠①,茹藘在阪②。
其室则迩③,其人甚远。

东门之栗④,有践家室⑤。
岂不尔思?子不我即⑥。

①墠(shàn):郊外平坦的地方。
②茹藘(lú):又名茜草。它的根色黄赤,可以作红色染料。 阪:山坡。
③迩:近。
④栗:落叶乔木。
⑤践:通"靖",宁静。
⑥即:就。

东门外的山野,茜草长在坡沿。
那屋子虽就在眼前,那人却似很远很远。

东门外的栗树,掩着宁静的家舍。
难道我不想你,是你不来与我亲热。

风　雨

这是一首描写夫妻久别重逢的诗。此诗之妙,在于明言相见之乐,实言离别之苦,以乐衬苦,较之单言忧苦更深一层。

风雨凄凄①,鸡鸣喈喈②。
既见君子,云胡不夷③?

风雨潇潇④,鸡鸣胶胶⑤。
既见君子,云胡不瘳⑥?

风雨如晦⑦,鸡鸣不已。
既见君子,云胡不喜?

①凄凄:风雨寒凉的样子。
②喈喈(jiē):群鸡齐鸣的声音。
③云胡:如何。　夷:平,指心安。
④潇潇:风雨交加的样子。
⑤胶胶:群鸡乱鸣的声音。
⑥瘳(chōu):病愈。
⑦晦:昏暗。

风凄凄,雨凄凄,雄鸡喔喔啼。
盼得见到那人儿,还有什么不放心。

风潇潇,雨潇潇,雄鸡喔喔叫。
盼得见到那人儿,还有什么病不好?

风雨多昏暗,鸡声叫不断。
盼得见到那人儿,还有什么不喜欢?

子 衿

这首诗写姑娘相思之情。前两章从虚空中荡漾成章,末章方写实景。先责其不寄信,再责其人不来,绵绵相思,不绝如缕。

青青子衿①,悠悠我心②。
纵我不往,子宁不嗣音③?

青青子佩④,悠悠我思。
纵我不往,子宁不来?

挑兮达兮⑤,在城阙兮⑥。
一日不见,如三月兮!

①子衿:你的佩带。衿,一说指衣领。
②悠悠:忧思绵长的样子。
③嗣音:寄信。嗣,通"诒",赠送。
④佩:佩玉。
⑤挑、达(tà):来回走动的样子。
⑥城阙:城门两边的观楼。

青青的是你那佩带，常常萦绕在我心里。
纵然我没有去找你，你怎么能不来个信？

青青的是你那佩玉，常常萦绕在我心中。
纵然我没有去找你，你怎么能够不过来？

走来走去无数趟，我在城门的望楼上。
一天没有见到你，就像隔了三个月那么长。

扬之水

这是一首防间歌。每章都是前两句起兴，中两句言你我之亲，末两句防人离间，作劝解语，如拉家常，口吻亲近。

扬之水，不流束楚①。
终鲜兄弟，维予与女。
无信人之言，人实迋女②。

扬之水，不流束薪③。
终鲜兄弟，维予二人。
无信人之言，人实不信。

①楚：荆条。
②迋（kuáng）：通"诳"，欺骗。
③薪：柴。

清清的水呀慢慢流，一捆荆条漂不走。
没有哥哥没有弟，只有我和你在一起，
不要轻信别人的话，他们都在骗你哪！

清清的水呀慢慢流,一捆柴草漂不走。
没有哥哥没有弟,只有我们两人在一起。
不要轻信别人的话,他们都不能相信啊!

出其东门

这是一首忠贞的恋歌。诗中描绘了春天东门外男女盛会的情景。诗中的男主人公唱出了对情人的忠贞,荡漾着崇高的生活理想和爱情道德。

出其东门,有女如云①。
虽则如云,匪我思存②。
缟衣綦巾③,聊乐我员④。

出其闉闍⑤,有女如荼⑥。
虽则如荼,匪我思且⑦。
缟衣茹藘⑧,聊可与娱。

①如云:形容游女众多。
②思存:思之所在。存,在。
③缟(gǎo):白纱衣。 綦(jī)巾:青绿色的佩巾。
④聊:且。 员(yún):语助词。
⑤闉闍(yīndū):城外曲城的重门。
⑥如荼:形容游女众多。
⑦思且:思之所往。且,犹"存"。
⑧茹藘:茜草,这里指茜草染红的佩巾。

走出那城东门,姑娘们像彩云。
虽然像彩云,不能乱我神。
白衣青巾女,才合我的心。

走出那城重门,姑娘们如白荼。
虽然如白荼,不能乱我心。
白衣红巾女,才可与娱乐。

野有蔓草

题解

这是一首春日与情人邂逅相遇的情歌。每章都是先写眼前景,再写意中人,后写心中情。喜出望外,自有无限情思在。

原诗

野有蔓草①,零露漙兮②。
有美一人,清扬婉兮③。
邂逅相遇④,适我愿兮⑤。

野有蔓草,零露瀼瀼⑥。
有美一人,婉如清扬⑦。
邂逅相遇,与子偕臧⑧。

注释

①蔓草:蔓延的草。
②零:落。 漙(tuán):露水盛多的样子。
③清扬:眉目清秀的样子。 婉:美好的样子。
④邂逅:不期而遇。
⑤适:合。
⑥瀼瀼(ráng):露水盛多的样子。
⑦婉如:婉然,美好的样子。
⑧偕臧:一同藏起来。

诗意

野外草儿在蔓延,草上露珠团团圆。
有个美丽的人儿,眉清目秀真漂亮。
碰巧儿遇上了她,可真合我的心愿。

野外草儿在蔓延,草上露珠滚滚圆。
有个美丽的人儿,清眉秀目好容颜。
碰巧儿遇上了她,我和她一起躲藏。

溱洧

题解

这是一篇水畔的青春之歌,也是记载上古时代春日男女水边盛会盛况最为完备的诗。情节千回百转,妙趣横生。

原诗

溱与洧①,方涣涣兮②,
士与女,方秉蕑兮③。
女曰"观乎④?"士曰"既且⑤。"
"且往观乎⑥!洧之外,洵订且乐⑦。"
维士与女,伊其相谑⑧,
赠之以勺药⑨。

溱与洧,浏其清矣⑩。
士与女,殷其盈矣⑪。
女曰"观乎?"士曰"既且。"
"且往观乎!洧之外,洵订且乐。"
维士与女,伊其将谑⑫,
赠之以勺药。

注释

①溱(zhēn)洧(wěi):郑国二水名。
②方:正,一说并。 涣涣:水流弥漫的样子。
③蕑(jiān):香草名。
④观乎:看看吧。
⑤既且:去过啦。既,已经。且,通"徂",往。
⑥且:姑且。
⑦洵(xún)訏(xū)且乐:实在广大而且热闹。洵,实在。訏,大。乐,快乐,热闹。
⑧伊:语助词。 相谑:互相调笑。
⑨勺药:香草名。男女以勺药相赠是结恩情的表示。
⑩浏:水清亮的样子。
⑪殷:众多。
⑫将:相。

溱水与洧水,正涣涣洋洋地流啊。
小伙儿与姑娘,正拿着香草游啊。
姑娘说:"那边看看吧。"
小伙儿说:"已经看过啦。"
"再去看看吧!洧水岸边的平地,
实在是宽广又热闹。"
小伙儿与姑娘,说说又笑笑。
赠送芍药相结好。

溱水与洧水,清清亮亮地流啊。
小伙儿与姑娘,熙熙攘攘地游啊。
姑娘说:"那边看看吧。"
小伙儿说:"已经去过了。"
"再去看看吧!洧水岸边的平地,
实在是宽广又热闹。"
小伙儿与姑娘,打打又闹闹,
赠送芍药相结好。

◎齐 风

鸡 鸣

题解

这是一首男女幽会的情歌。内容上写他们幽会时女子惊惧、男子恋床的情景。艺术上一惊一答,诙谐幽默,非常富有生活气息。

原诗

"鸡既鸣矣①,朝既盈矣②。"
"匪鸡则鸣③,苍蝇之声。"

"东方明矣,朝既昌矣④。"
"匪东方则明,月出之光。"

"虫飞薨薨⑤,甘与子同梦⑥,
会且归矣⑦,无庶予子憎⑧!"

注释

①既:已经。
②朝:早晨。 盈:到了。
③则:之。
④昌:始。
⑤薨薨(hōng):蚊虫飞鸣的声音。
⑥同梦:同入梦乡。
⑦会:幽会。一说朝会。 且:当。
⑧无庶:无使。 予子:我们。予,我。子,你。此句意为不要让人讨厌我们。

诗意

"鸡已经叫了,早晨已经到了。"
"不是鸣叫,是苍蝇在闹。"

"东方已发亮了,一天已经开始了。"
"不是东方发亮,那是月亮发光。"

"蚊虫飞薨薨,甘愿与你入梦。
还是暂且先回去,别让人臭骂我和你。"

东方未明

题解

这首诗讽刺号令不时,是为朝廷服役的官吏的怨苦之作。

原诗

东方未明,颠倒衣裳。
颠之倒之,自公召之①。

东方未晞②,颠倒裳衣。
倒之颠之,自公令之③。

折柳樊圃④,狂夫瞿瞿⑤。
不能辰夜⑥,不夙则莫⑦。

①公:公室,指国君。 召:通"诏"。
②晞(xī):太阳的光气。
③令:下令。
④折柳樊圃:折柳枝做园圃的篱笆。樊,藩,篱笆。
⑤狂夫:又凶又狠的监工。 瞿瞿(jù):瞪眼怒视的样子。
⑥辰夜:守伺夜里的时间。辰,守候。
⑦不夙则莫:不是早就是晚。莫同暮。

东方还未亮,胡乱着衣袍。
颠裳又倒衣,公人来喊叫。

东方还未亮,胡乱穿衣袍。
倒衣又颠裳,公人来叫嚷。

折柳枝,围菜园,疯汉瞪眼大叫喊:
"不能留心掌时辰,不是早来就是晚。"

南 山

题解

这是一首讽刺诗,讽刺的对象是文姜和桓公。关于齐襄与其妹文姜私通之事,见之于《左传》和《史记》。

原诗

南山崔崔①,雄狐绥绥②。
鲁道有荡③,齐子由归④。
既曰归止,曷又怀止⑤?

葛屦五两⑥,冠緌双止⑦。
鲁道有荡,齐子庸止⑧。
既曰庸止,曷又从止⑨?

蓺麻如之何⑩?衡从其亩⑪。
取妻如之何?必告父母。
既曰告止,曷又鞠止⑫?

析薪如之何⑬?匪斧不克⑭。
取妻如之何?匪媒不得。
既曰得止,曷又极止⑮?

注释

①南山:齐国山名。 崔崔:高峻的样子。
②绥绥(suī):毛色舒展,求偶之貌。
③鲁道:通往鲁国的大道。 有荡:荡荡,平坦的样子。
④齐子:齐侯之子,指鲁桓公的夫人文姜。 由归:由此出嫁。
⑤曷:何。 怀:回,回来。
⑥葛屦:葛麻编织成的鞋。 五:通"伍",并列。 两:通"纳",鞋一双。
⑦冠緌(ruí):帽子上的缨带。

⑧庸:由、从,指由此出嫁于鲁。
⑨从:跟从。
⑩艺:种植。
⑪衡从:即纵横。这里指耕治田地。
⑫鞠:穷,穷其私欲而放任。
⑬析薪:劈柴。
⑭克:能。
⑮极:穷极、放任。

南山巍巍高又峻,雄狐毛色正舒展。
齐鲁大道平坦坦,文姜由此去嫁人。
既然她已嫁别人,为啥让她回来呀。

葛做的鞋排成行,帽带一对垂耳旁。
齐鲁大道平坦坦,文姜由此去嫁郎。
既然她已嫁他人,为啥让她跟来呀?

怎样种植那大麻? 修垄挖土把地耙。
怎样去娶妻子呀? 定要告诉爹和妈。
既然已告爹和妈,为啥让她放荡呀?

怎样劈开那些柴? 不用斧头劈不开。
怎样娶个妻子呀? 没有媒人不行哪。
既然成为你的妻,为啥让她放荡呀?

卢 令

这是一首赞美青年猎人的诗。女主人公顺着铃声的方向看去,发现了一位英俊的男子。过后她一直在回想与男子相遇的情形,充满了爱慕之情。

卢令令①,其人美且仁②。

卢重环③,其人美且鬈④。

卢重鋂⑤,其人美且偲⑥。

注释

①卢:黑毛猎犬。 令令:狗颔下环的响声。
②仁:仁善可爱。
③重环:又叫子母环。大环上套小环。
④鬈(quán):形容头发柔长卷曲的样子。
⑤重鋂(méi):一大环串两个小环。
⑥偲(cāi):多须的样子。

诗意

猎狗项环当啷啷,那人标致又善良。

猎狗项套子母环,那人标致须发卷。

猎狗项上套双环,那人胡腮连鬈多威严。

猗 嗟

题解

这是一篇描写美男子的诗作。通篇连用了十七个"兮"字,表现了这个美男子的光彩和风神。

原诗

猗嗟昌兮①,颀而长兮②。
抑若扬兮③,美目扬兮④。
巧趋跄兮⑤,射则臧兮⑥。

猗嗟名兮⑦,美目清兮⑧。
仪既成兮⑨,终日射侯⑩。
不出正兮⑪,展我甥兮⑫。

猗嗟娈兮⑬,清扬婉兮⑭。
舞则选兮⑮,射则贯兮⑯。
四矢反兮⑰,以御乱兮⑱。

注释

①猗嗟:表示赞美的叹词。 昌:健壮的样子。
②颀(qí):修长的样子。
③抑若:懿然,美的样子。 扬:广大。
④扬:有飞扬的意思,形容目光炯炯有神。
⑤巧趋:灵巧的步伐。 跄(qiāng):急步走的样子。
⑥则:即。 臧:射中。
⑦名:明,昌。赞叹他容貌之美。
⑧清:目光明亮的样子。
⑨仪:射仪。 成:具备。
⑩候:箭靶。
⑪正:箭靶的中心。
⑫展:诚,确实。 甥:外甥,一说女婿。
⑬娈:壮美的样子。
⑭婉:美好的样子。
⑮选:出色。
⑯贯:穿透箭靶的兽皮,形容力气大。
⑰矢:箭。 反:把贯在箭靶上的箭收回来。
⑱御:抵御、防御。

诗意

啊哟好健壮哟,身材好高大哟。
面额高且广哟,眼睛闪神光哟。
步伐好矫健哟,射技可真棒哟。

啊哟好英俊哟,眼睛好清炯哟。
射式已齐备哟,整天射箭靶哟。
不出红靶心哟,真是好女婿哟!

啊哟好美好哟,眼睛闪光耀哟。
舞姿好出色哟,箭箭穿箭靶哟。
四箭中一点哟,能抵抗敌人哟!

◎魏 风

葛 屦

题解

这首诗写出了女奴的控诉。以女奴的口吻写出了社会上两种人的不同生活：一种是正面描写的"女奴"的痛苦；一种是反面描写的"好人"的残酷！

原诗

纠纠葛屦①，可以履霜②。
掺掺女手③，可以缝裳。
要之襋之④，好人服之⑤。

好人提提⑥，宛然左辟⑦。
佩其象揥⑧。维是褊心⑨，
是以为刺⑩。

注释

①纠纠：缭缭，绳索缠结缭绕的样子。 葛屦：葛麻编织成的草鞋。
②可以：何以，怎么能。 履：践踏。
③掺掺(xiān)：手繁乱、劳累的样子。
④要：衣服的腰身。 襋(jí)：衣领。这两个字都当动词用。
⑤好人：指女奴的主人。 服：穿。
⑥提提：通"媞媞"，安详的样子。一说美好的样子。
⑦宛然：真切的样子。 左辟：向左回避。
⑧象揥(tì)：用象牙或象骨做的簪子。
⑨是：指代好人。 褊(biǎn)心：苛刻、狠心。
⑩是以：所以。 刺：讽刺。

纠纠结结的麻鞋，怎么能去踏寒霜！
女奴劳累的手，怎能缝制衣裳！
做好腰身做好领，让那"好人"穿身上。

那"好人"真够牛气,扭过头去不爱搭理。
还戴着象牙头饰。
唯有这心肠狠毒,故做诗将他讥刺。

汾沮洳

这是水边盛会时女子赞美情人的恋歌。她觉得她的情人美得无与伦比,与那些纨绔子弟绝不一样。

彼汾沮洳①,言采其莫②。
彼其之子③,美无度④。
美无度,殊异乎公路⑤。

彼汾一方⑥,言采其桑。
彼其之子,美如英⑦。
美如英,殊异乎公行⑧。

彼汾一曲⑨,言采其藚⑩。
彼其之子,美如玉。
美如玉,殊异乎公族⑪。

①汾:汾水。 沮洳(jū rú):低湿的地方。
②言:乃。 莫:草名。
③彼其之子:他那个人。
④美无度:俊美无限。度,限制。
⑤殊异:特别不同。殊,甚,特别。 公路:掌管国君车马的官,由贵族子弟担任。路,通"辂"。
⑥一方:一旁。
⑦英:花。
⑧公行:掌管国君兵车的官。
⑨曲:指汾水弯曲处。
⑩藚(xù):草名。

⑪公族:掌管国君宗族事务的官。

那汾水浸润的地带,有人在那儿采莫菜。
他那个人儿呀,美得没法来衡量。
俊美得没法来衡量,
管公车的官儿哪能比得上。

那汾水的一旁,有人在那儿采桑。
他那个人儿呀,美得像朵花一样。
俊美得像朵花一样,
管兵车的官儿哪能比得上。

那汾水的湾湾里,有人在那儿采藚菜。
他那个人儿呀,美得像块玉一样。
俊美得像块玉一样,
管公族的官儿哪能比得上。

园有桃

这是一首贤士忧国的诗。长歌当哭,悲声哀婉。有波澜,有顿挫,吞吐、含蓄,文辞虽然简短,情思却是那样的深长。

园有桃,其实之殽①。
心之忧矣,我歌且谣②。
不我知者,谓我士也骄③。
彼人是哉④,子曰何其⑤?
心之忧矣,其谁知之?
其谁知之,盖亦勿思⑥。

园有棘⑦,其实之食。
心之忧矣,聊以行国⑧。

不我知者,谓我士也罔极⑨。
彼人是哉,子曰何其?
心之忧矣,其谁知之?
其谁知之,盖亦勿思。

①之:是。 殽:吃。
②歌、谣:这里泛指唱歌。合乐叫歌,徒唱叫谣。
③骄:骄逸。
④是:如此。
⑤子曰何其:你自己以为呢?
⑥盖:同"盍",何不。
⑦棘:枣。
⑧行国:周游国中。
⑨罔极:无常。

园子里有蜜桃,桃子可以美餐。
心中忧伤呀,我要歌唱。
不了解我的,说我这个人狂妄。
"那人这样,你说是为何?"
心里忧伤呀,有谁知道?
有谁知道,最好不去思考!

园子里有酸枣,枣子可以下肚。
心里忧伤呀,姑且在城中漫步。
不了解我的,说我这个人没准儿。
"那人这样,你说是为何?"
心里忧伤呀,有谁知道?
有谁知道,只好不去考虑。

陟 岵

这是行役者的思家之作。写作技巧别具特色:写了想象中亲人对自己的怀念,这样便增大了诗篇的容量。反映的不仅是一己之苦,而是劳役重压下人们共同的苦难。

原诗

陟彼岵兮①,瞻望父兮。
父曰:嗟②! 予子行役,
夙夜无已③。
上慎旃哉④! 犹来无止⑤。

陟彼屺兮⑥,瞻望母兮。
母曰:嗟! 予季行役⑦,
夙夜无寐⑧。
上慎旃哉! 犹来无弃⑨。

陟彼冈兮,瞻望兄兮。
兄曰:嗟! 予弟行役,
夙夜必偕⑩。
上慎旃哉! 犹来无死。

①岵(hù):多草木的山。
②嗟:感叹声。
③夙夜:早晚。
④上:通"尚",希望。 慎:谨慎。 旃(zhān):语助词。
⑤犹:还。 无止:停留不归。
⑥屺(qǐ):无草木的山。
⑦季:小儿子。
⑧无寐:无已。
⑨弃:弃此不复。
⑩必偕:一定要和伙伴同行止。偕,俱。

登上那长满草木的山呵,遥望我的爹呵。
爹说:"唉,我的儿子行役,早晚奔走不休。
千万小心呀,能回来就不要停留。"

登上那没长草木的山呵,遥望我的娘呵。

娘说:"唉,我的孩子行役,早晚奔走不已。
千万小心呀,能回来就不要停止。"

登上那边的山冈呵,遥望我的哥呵。
哥说:"唉,我的弟弟行役,早晚与人相伴。
千万要小心呀,回来吧不要客死他乡。"

十亩之间

这是一首桑间行乐歌。诗中描绘出春日田野间,桑女三三两两悠闲的采桑情境。"行"字作独字句,读来口吻更逼真。

十亩之间兮,桑者闲闲兮①。
行,与子还兮!

十亩之外兮,桑者泄泄兮②。
行,与子逝兮③!

①桑者:采桑的人。 闲闲:从容的样子。
②泄泄(yì):人多的样子。
③逝:往。

十亩的农田里呀,
采桑的人儿来来往往啊!
走吧,和你一块回家吧!

十亩的农田外呀,
采桑的人儿熙熙攘攘啊!
走吧,和你一块回去吧!

伐 檀

题解

这是一首伐木者之歌,即所谓"劳者歌其事"。他们一边劳动,一边歌唱,在乐观愉快的情调中又不乏讽刺笑骂,既唱出了劳动创造世界的光辉思想,也唱出了对不公平社会的不满。

原诗

坎坎伐檀兮①,
寘之河之干兮②,
河水清且涟猗③。
不稼不穑④,
胡取禾三百廛兮⑤?
不狩不猎⑥,
胡瞻尔庭有县貆兮⑦?
彼君子兮⑧,
不素餐兮⑨!

坎坎伐辐兮⑩,
寘之河之侧兮⑪,
河水清且直猗。
不稼不穑,
胡取禾三百亿兮⑫?
不狩不猎,
胡瞻尔庭有县特兮⑬?
彼君子兮,
不素食兮!

坎坎伐轮兮,
寘之河之漘兮⑭,
河水清且沦猗。
不稼不穑,

胡取禾三百囷兮⑮？
不狩不猎，
胡瞻尔庭有县鹑兮⑯？
彼君子兮，
不素飧兮⑰！

①坎坎：伐木的声音。 伐：砍。 檀：树名。
②寘：置，放置。 干：通"岸"，即河岸。
③涟：即澜，大波。 猗：语助词。
④稼：耕种。 穑：收获。
⑤胡：何，为什么。 廛(chán)：通"缠"，三百缠就是三百束。
⑥狩：冬猎。
⑦县(xuán)：通"悬"。 貆(huán)：獾，兽名。
⑧君子：统治者。
⑨素餐：白吃饭。素，白。一说没有肉的饭。
⑩辐：车轮的辐条。
⑪侧：边、旁。
⑫亿：通"束"。
⑬特：三岁大兽。
⑭漘(chún)：水边。
⑮囷(qūn)：通"束"。一说圆形粮仓。
⑯鹑：雕。一说鹌鹑。
⑰飧(sūn)：熟食。

丁丁冬冬把檀树砍，
砍下以后放河岸，
河水清清起波澜。
栽秧割稻你不管，
凭什么千捆万捆往家搬？
上山打猎你不沾，
凭什么你家满院挂猪獾？
那些大人先生啊，
可不是白白吃闲饭！

做车辐丁冬砍木头，
砍下来放在河埠头，

河水清清直溜溜。
栽秧割稻你闲瞅，
凭什么千捆万捆你来收？
别人打猎你抄手，
凭什么满院挂野兽？
那些大人先生啊，
可不是无功把禄受！

做车轮儿砍树丁冬响，
砍来放在大河边，
河水清清水圈长。
下种收割你不忙，
凭什么千捆万捆下了仓？
上山打猎你不帮，
凭什么你家大雕挂成行？
那些大人先生啊，
可不是白白受供养！

硕 鼠

题解

传统上认为这是一首讽刺剥削的诗作，实则把它看作是臣下将要离开不能重用人才的无道之君时所唱的歌，更为合理。

原诗

硕鼠硕鼠①，无食我黍。
三岁贯女②，莫我肯顾③。
逝将去女④，适彼乐土⑤。
乐土乐土，爰得我所⑥。

硕鼠硕鼠，无食我麦。
三岁贯女，莫我肯德⑦。
逝将去女，适彼乐国。
乐国乐国，爰得我直⑧。

硕鼠硕鼠,无食我苗。
三岁贯女,莫我肯劳⑨。
逝将去女,适彼乐郊。
乐郊乐郊,谁之永号⑩。

①硕鼠:蝼蛄。一说田鼠,一说大老鼠。
②三岁:三年,这里指多年。 贯:侍奉。
③顾:照顾、关照。
④逝:通"誓",表示坚决的语气。 去:离开。
⑤适:往。 乐土:令人快乐的国土。
⑥爰:乃,于是。 所:处所,即安身立命之地。
⑦德:动词,加恩、施惠。
⑧直:通"值"。
⑨劳:慰劳。
⑩永号:长叹。

蝼蛄!蝼蛄!不要吃我的禾黍!
多年为你做官,全不肯把我照顾。
我要离你远去,
到那欢乐的国土。
乐土乐土,那才是我立命处。

蝼蛄!蝼蛄!不要吃我的小麦!
多年为你做官,全不肯给我恩惠。
我要离你远去,
去那欢乐的国度。
乐国乐国,那才是我所依托。

蝼蛄!蝼蛄!不要吃我的禾苗。
多年为你做官,全然不肯把我慰劳。
我要离你远去,
去那欢乐的郊野。
乐郊乐郊,那里谁还老呼号?

◎唐 风

蟋 蟀

题解

这是一首写朋友之间相乐、相警的诗。人生易老,当及时行乐,但是行乐须有度、有节制。诗文纵横捭阖,自有其妙!

原诗

蟋蟀在堂①,岁聿其莫②。
今我不乐,日月其除③。
无已大康④,职思其居⑤!
好乐无荒⑥,良士瞿瞿⑦。

蟋蟀在堂,岁聿其逝⑧。
今我不乐,日月其迈⑨。
无已大康,职思其外⑩!
好乐无荒,良士蹶蹶⑪。

蟋蟀在堂,役车其休⑫。
今我不乐,日月其慆⑬。
无已大康,职思其忧!
好乐无荒,良士休休⑭。

注释

①蟋蟀:虫名,又名促织。 堂:厅堂。
②岁聿(yù)其莫:一年即将结束。岁,岁时。聿,语助词,一说乃。其,将。莫,暮。
③日月其除:光阴就要过去。日月,光阴。除,过去。
④无已:不可。 大(tài)康:太欢乐。康,乐。
⑤职:通"直",当。 居:所处的地位。
⑥荒:荒废,一说过分。
⑦良士:贤德之士。 瞿瞿(jù):惊顾的样子。这里指警惕。

⑧逝:去,流逝。
⑨迈:行,光阴逝去。
⑩外:意外,一说职事以外的工作。
⑪蹶蹶(guì):勤敏劳苦的样子。
⑫役车:劳役的车。
⑬慆(tāo):过,行。
⑭休休:畜畜,体恤勤劳的样子。

蟋蟀搬进屋里,一年快要到底。
如今再不寻乐,时光所剩无几。
可别过分安逸,本分不要忘记!
寻乐不荒正业,良士都能警惕。

蟋蟀搬进屋里,一年还剩几分。
如今再不寻乐,时光不肯等人。
可别过分安逸,别忘预防意外。
寻乐不荒正业,良士个个勤奋。

蟋蟀搬进屋里,行役车辆都停。
如今再不寻乐,时光都要溜尽。
可别过分安逸,还该想到困境。
寻乐不荒正业,良士体恤勤劳。

山有枢

这是一篇行将没落的贵族的心理独白。它形似旷达,实则贪吝、伪善,为痛苦而哀鸣,是中国颓废诗派的始祖之作。

山有枢①,隰有榆②。
子有衣裳,弗曳弗娄③。
子有车马,弗驰弗驱。
宛其死矣④,他人是愉⑤。

山有栲⑥，隰有杻⑦。
子有廷内⑧，弗洒弗埽。
子有钟鼓，弗鼓弗考⑨。
宛其死矣，他人是保！

山有漆⑩，隰有栗⑪。
子有酒食，何不日鼓瑟⑫？
且以喜乐，且以永日⑬。
宛其死矣，他人入室。

①枢：臭椿树。一说刺榆。
②榆：白榆。
③曳(yè)：拖。 娄：将衣服用带子束于身。
④宛其：宛然，形容委顿倒下的样子。
⑤愉：乐。
⑥栲(kǎo)：山樗。
⑦杻(niǔ)：木名，即杻树。
⑧廷内：庭院与堂室。
⑨鼓、考：敲打。
⑩漆：一种液汁可作涂料的树。
⑪栗：栗子树。
⑫鼓瑟：弹琴。
⑬永日：终日，整天行乐。

高山上，枢树长，洼地里，白榆大。
你呀有的是衣裳，不披它来不提它。
你呀有的是车马，不驶它来不驾它。
要是你一旦死去呀，别人就来享受它。

高山上，山樗长，洼地里，杻树大。
你呀有的是庭堂，不洒它来不扫它。
你呀有的是钟鼓，不敲它来不擂它。
要是你一旦死去呀，别人就来占有它。

高山上,长漆树,洼地里,有榛栗。
你呀有的是酒肉,为何不天天弹琴瑟?
用它来寻求快乐,用它来度过终日。
要是你一旦死去呀,别人进入你的室内啦。

扬之水

这是一首女子践约之歌。诗中的大意是:男子先给女子寄信相约,女子不敢有误,便匆匆赶到泽畔,他们相见后非常高兴,于是女子唱了这首歌。

扬之水①,白石凿凿②。
素衣朱襮③,从子于沃④。
既见君子,云何不乐?

扬之水,白石皓皓⑤。
素衣朱绣⑥,从子于鹄⑦。
既见君子,云何其忧?

扬之水,白石粼粼⑧。
我闻有命,不敢以告人。

①扬:当作杨,地名,在今山西洪洞县南。一说水流浅缓的样子。
②凿凿:鲜明的样子。
③襮(bó):衣领。
④从:随从。
⑤皓皓:洁白的样子。
⑥朱绣:红色的刺绣。
⑦鹄:皋,泽畔。
⑧粼粼:清澈的样子。

扬城的小河,白石磊磊落落。
　　我穿着白衣红领,追你来到了水泽。
　　既已见到了冤家,怎能不叫人欢乐?

　　扬城的小河,白石光光洁洁。
　　我穿着白衣红袖,追你来到了泽畔。
　　既已见到了冤家,还会有什么忧愁?

　　扬城的小河,白石在水中闪耀。
　　我听到你来叫我,
　　不让人知就赶到。

绸　缪

　　这是一首新婚的赞歌。诗人觉得新娘美丽无比,夜晚也很迷人,不知该如何才能不辜负这良辰美景。

　　　　绸缪束薪①,三星在天②。
　　　　今夕何夕?见此良人③。
　　　　子兮,子兮,如此良人何?

　　　　绸缪束刍④,三星在隅⑤。
　　　　今夕何夕?见此邂逅⑥。
　　　　子兮,子兮,如此邂逅何?

　　　　绸缪束楚,三星在户。
　　　　今夕何夕?见此粲者⑦。
　　　　子兮,子兮,如此粲者何?

①绸缪(móu):缠绕紧密的样子。　束薪:捆扎的柴草。

②三星:三通"参",星宿名,即心星,二十八宿之一。
③良人:好人,这里指新娘。
④刍:草。
⑤隅:角,指天之一角。
⑥邂逅:不期而遇,引申为难得之喜。
⑦粲者:美人,指新妇。

　　紧紧捆起了柴草,抬头看见了心星。
　　今夜是何夜? 能与好人儿相见。
　　你呀,你呀,这样的好人儿,叫我怎么办?

　　紧紧捆起了刍草,心星照耀在屋角。
　　今夜是何夜? 能与可爱的人不期而见。
　　你呀,你呀,这样可爱的人儿,叫我怎么办?

　　紧紧捆起了荆条,心星在门头照耀。
　　今夜是何夜? 能与美人儿相见。
　　你呀,你呀,这样的美人儿,叫我怎么办?

杕　杜

　　这是一位无兄无弟、孤独无援者的慨叹。古代中国人特别重视血缘关系,习惯上认为无兄无弟便无援助。

　　　　有杕之杜①,其叶湑湑②。
　　　　独行踽踽③,岂无他人?
　　　　不如我同父④。
　　　　嗟行之人⑤,胡不比焉⑥?
　　　　人无兄弟,胡不佽焉⑦?

　　　　有杕之杜,其叶菁菁⑧。
　　　　独行睘睘⑨,岂无他人?

不如我同姓。
嗟行之人,胡不比焉?
人无兄弟,胡不佽焉?

①杕(dì):独特、孤立的样子。 杜:棠梨。
②湑湑(xǔ):茂盛的样子。
③踽踽(jǔ):独自行路悲悲凉凉的样子。
④同父:指兄弟。
⑤嗟:悲叹声。
⑥比:辅助。
⑦佽(cì):帮助。
⑧菁菁:草木茂盛的样子。
⑨睘睘(qióng):独自行走的样子。一说孤单无所依靠。

孤生的甘棠,叶子青青苍苍。
我一人徘徊多么凄凉!
难道没有别人?毕竟与兄弟两样。
唉,道上的行人,为何视而不见?
人家没有兄弟,为何不伸手相帮?

孤生的甘棠,叶子郁郁葱葱。
我一人彷徨多么孤单!
难道没有别人?毕竟不同于兄弟。
唉,道上的行人,为何视而不见?
人家没有兄弟,为何不伸手相帮?

鸨 羽

这是一首服役者之歌。诗中先是平平叙事,中间突然转而责问父母何以供养,结尾又以"悠悠"二句一笔扬起,妙处全在吞吐伸缩之间。

肃肃鸨羽①,集于苞栩②。

王事靡盬③,不能艺稷黍④。
父母何怙⑤?
悠悠苍天,曷其有所⑥?

肃肃鸨翼⑦,集于苞棘⑧。
王事靡盬,不能艺黍稷。
父母何食?
悠悠苍天,曷其有极⑨?

肃肃鸨行⑩,集于苞桑。
王事靡盬,不能艺稻粱。
父母何尝?
悠悠苍天,曷其有常⑪?

①肃肃:鸟翅扑打的声音。 鸨:野雁,形状像雁。
②苞栩:丛生的栎树。苞,丛生。栩,栎树。
③王事:政事,此处指征役。 靡盬(gǔ):没有止息。
④艺:种植。
⑤怙(hù):依靠。
⑥曷:何时。 所:止,一说处所。
⑦鸨翼:野雁的翅膀。
⑧苞棘:丛生的酸枣树。
⑨极:终了。
⑩行:翎,翅膀。一说行列。
⑪常:正常。

野雁拍翅一阵阵,栎树丛中栖不稳。
政事不得息,庄稼种不成!
饿死爹娘谁来问?
老天呀,老天! 哪天小民得安身?

野雁翅儿肃肃颤,枣树丛里息不安。
王差不得息,庄稼完了蛋!

可怜爹娘没有饭!
老天呀,老天! 哪里会有个尽头?

野雁肃肃飞成行,栖息在那桑树上。
政事不能休,庄稼已芜荒。
可怜爹娘无饭尝。
老天呀,老天! 什么时候才正常?

葛 生

题解

这是一首悼亡诗。此诗在艺术上颇具特色,通篇没有一个"死"字,而人不在之意自现;没有一个"思"字,而无字无句不在思念。

原诗

葛生蒙楚①,蔹蔓于野②。
予美亡此③,谁与? 独处!

葛生蒙棘,蔹蔓于域④。
予美亡此,谁与? 独息!

角枕粲兮⑤,锦衾烂兮⑥。
予美亡此,谁与? 独旦⑦!

夏之日,冬之夜,
百岁之后,归于其居⑧。

冬之夜,夏之日,
百岁之后,归于其室⑨。

①蒙:覆盖。 楚:荆条。
②蔹(liǎn):一种蔓生植物,俗谓野葡萄。 蔓:蔓延。
③予美:我的爱人。 亡:死亡。

④域:墓地。一说田野。
⑤角枕:方而有角的枕头。 粲:文采鲜明的样子。
⑥烂:灿烂。
⑦独旦:独自睡至天亮。
⑧其居:指死者的坟墓。
⑨其室:指死者的坟墓。

葛藤覆盖着荆条,野葡萄蔓延荒郊。
我的爱人不在了,只有我独处空窑。

葛藤覆盖着丛棘,野葡萄蔓延墓地。
我的爱人不在了,只有我独自寝息。

方枕灿烂啊,锦被耀眼啊。
我的爱人不在了,夜夜独自熬到天亮。

夏天的长日,冬天的长夜,
百年之后,归到他的墓穴。

冬天的长夜,夏天的长日,
百年之后,归到他的居室。

采 苓

这是一首劝人勿信谗言之作。《诗序》以为刺献公,说诗者多以申生、骊姬之事附会之。

采苓采苓①,首阳之颠。
人之为言②,苟亦无信③。
舍旃舍旃④,苟亦无然⑤。
人之为言,胡得焉⑥?

采苦采苦⑦,首阳之下。
人之为言,苟亦无与⑧。

舍旃舍旃,苟亦无然。
人之为言,胡得焉?

采葑采葑⑨,首阳之东。
人之为言,苟亦无从⑩。
舍旃舍旃,苟亦无然。
人之为言,胡得焉?

①苓(líng):莲。一说甘草。
②为言:伪言、假话。
③苟:诚,确。一说姑且。 无:不要。
④舍旃(zhān):舍之。旃,语助词。
⑤然:是,正确。
⑥得:正确。
⑦苦:植物名。
⑧与:许,赞许。
⑨葑(fēng):蔓菁、芜菁。
⑩从:听从。

采莲采莲,登上首阳山顶。
人的漂亮话,千万别相信。
别听别听,万万别当真。
人的漂亮话,怎能无水分?

采苦采苦,站在首阳山下。
人的漂亮话,千万别认可。
别听别听,万万别当真。
人的漂亮话,怎能无水分?

采葑采葑,来到首阳山东。
人的漂亮话,千万别听从。
别听别听,万万别当真。
人的漂亮话,哪能无水分?

◎秦 风

驷 驖

题解

这是一篇写秦君田猎的诗。诗篇从出发到归来,如同一幅狩猎图,表现了秦人的尚武精神。

原诗

驷驖孔阜①,六辔在手②。
公之媚子③,从公于狩④。

奉时辰牡⑤,辰牡孔硕。
公曰左之⑥,舍拔则获⑦。

游于北园⑧,四马既闲⑨。
轾车鸾镳⑩,载猃歇骄⑪。

①驷驖(tiě):四匹铁色的马。驖,赤黑色的马。 孔阜:肥硕。
②六辔(pèi):六条缰绳。
③公:秦君。 媚子:爱子。
④狩:打猎。
⑤奉:供奉,这里是指牧官驱赶出群兽到猎场待射。 时:是。 辰牡:五岁的公兽。辰,通"慎",五岁为慎。
⑥左之:向左追赶。
⑦舍:放。 拔:箭尾,这里指代箭。 则获:指获得猎物。
⑧游:游观。一说游猎。
⑨闲:闲暇。一说熟悉。
⑩轾(yóu)车:轻车。 鸾:通"銮",銮铃。 镳(biāo):马嚼子。
⑪猃(xiǎn):长嘴狗。 歇骄:短嘴狗。

四匹壮马黑如铁,六根缰绳手中捏。
公爷宠爱的人儿,跟着公爷来打猎。

五岁公兽已赶出,那兽体大膘又足。
公爷下令"向左射",一箭离弦兽倒伏。

公爷猎罢游北园,四匹马儿好悠闲。
轻车之上銮铃响,猎狗休息在车间。

蒹 葭

题解

这首诗旨在写男女隔离的苦闷。此诗之妙,在于意境的空灵幽缈处。一派秋色茫茫、水波渺渺、天地空旷、人影恍惚的朦胧意境,可谓象征意义的杰作。

原诗

蒹葭苍苍①,白露为霜。
所谓伊人②,在水一方③。
溯洄从之④,道阻且长⑤。
溯游从之⑥,宛在水中央⑦。

蒹葭萋萋⑧,白露未晞⑨。
所谓伊人,在水之湄⑩。
溯洄从之,道阻且跻⑪。
溯游从之,宛在水中坻⑫。

蒹葭采采⑬,白露未已。
所谓伊人,在水之涘⑭。
溯洄从之,道阻且右⑮。
溯游从之,宛在水中沚⑯。

①蒹(jiān):荻。　葭(jiā):芦。　苍苍:深青色,形容茂盛的样子。
②所谓:所想所念。　伊人:那人,诗人所思念追寻的人。
③一方:一旁,一边。
④溯(sù)洄:逆流而上。洄,回曲的水道。
⑤阻:艰难。　长:遥远。
⑥溯游:顺流而涉。游,通"流",指直流。
⑦宛:分明可见的样子。一说好似、仿佛。
⑧萋萋:茂盛的样子。
⑨晞:晒干。
⑩湄:水岸。
⑪跻(jī):升高,这里形容道路又陡又高。
⑫坻(chí):水中的小块高地。
⑬采采:茂密众多的样子。
⑭涘(sì):涯,水边。
⑮右:迂回曲折。
⑯沚:水中的小沙丘。

　　芦荻长得长长,露儿变成白霜。
　　我心上的人儿,她在水的那方。
　　逆流而上去寻访,路儿险阻又漫长。
　　顺流而下去寻访,她仿佛在那水中央。

　　芦荻长得高高,露儿没被晒干。
　　我心上的人儿,她在水的那岸。
　　逆流而上去探看,路儿陡高通过难。
　　顺流而下去探看,她依稀在那水中间。

　　芦荻长得稠稠,露儿还有馀留。
　　我心上的人儿,她在水的那头。
　　逆流而上去追求,路儿迂回罢了休。
　　顺流而下去追求,她似在那水中洲。

黄 鸟

题解

这是一首哀悼三良殉葬的诗。三良即子车氏三子：奄息、仲行、鍼虎。诗中每章的前三句，以黄鸟的哀鸣起兴，造成一种哀伤的气氛；每章的后半部分，以重叠的曲辞，构成哀婉动人的基调，令人哀思而愤懑。

原诗

交交黄鸟①，止于棘。
谁从穆公②？子车奄息③。
维此奄息，百夫之特④。
临其穴⑤，惴惴其慄⑥。
彼苍者天，歼我良人⑦。
如可赎兮，人百其身⑧。

交交黄鸟，止于桑。
谁从穆公？子车仲行。
维此仲行，百夫之防⑨。
临其穴，惴惴其慄。
彼苍者天，歼我良人。
如可赎兮，人百其身。

交交黄鸟，止于楚。
谁从穆公？子车鍼虎。
维此鍼虎，百夫之御⑩。
临其穴，惴惴其慄。
彼苍者天，歼我良人。
如可赎兮，人百其身。

注释

①交交：鸟鸣声。　黄鸟：黄雀。

②从:从死,从葬,殉葬。
③子车奄息:子车是氏,奄息是名。
④百夫之特:一个抵百人。百夫,百人。特,匹。一说特为雄,即杰出。
⑤穴:墓穴。
⑥惴惴:惊恐的样子。 慄:发抖。
⑦歼:歼灭。 良人:好人。
⑧人百其身:用一百人赎他一人。一说一人死一百次也情愿。
⑨防:通"方",比,与上章特字意思相近。
⑩御:当。

  交交哀鸣的黄雀,停歇在那枣树上。
  谁陪穆公去下葬? 子车奄息遭了殃。
  这个奄息呀,一人能抵百人强。
  他走近墓穴,不禁浑身发抖。
  那老天爷呀,为何把好人夺走。
  如果可以赎命呵,我们死一百个也甘休。

  交交哀鸣的黄雀,停歇在那桑树上。
  谁陪穆公去下葬? 子车仲行遭了殃。
  这个仲行呀,一人能把百人当。
  他走近墓穴,不禁浑身发抖。
  那老天爷呀,为何把好人夺走!
  如果可以赎命呵,我们死百个也甘休。

  交交哀鸣的黄雀,停歇在那荆树上。
  谁陪穆公去下葬? 子车鍼虎遭了殃。
  这个鍼虎呵,百个人呀比不上。
  他走近墓穴,不禁浑身发抖。
  那老天爷呀,为何把好人夺走。
  如果可以赎命呵,我们死百个也甘休。

晨　风

  这是一首女子等候情人之歌。女子赴约,等候情人于北林,过时不见其至而作。语气看似怨恨,实是想望,它活现了热恋中的人等候所爱的焦急心情。

鴥彼晨风①,郁彼北林②。
未见君子,忧心钦钦③。
如何如何?忘我实多④!

山有苞栎⑤,隰有六驳⑥。
未见君子,忧心靡乐⑦。
如何如何?忘我实多!

山有苞棣⑧,隰有树檖⑨。
未见君子,忧心如醉。
如何如何?忘我实多!

①鴥(yù):快的样子。 晨风:早上的风。一说鸟名。
②郁:形容风大。
③钦钦:忧思的样子。
④实:为。
⑤苞栎(lì):丛生的栎树。
⑥隰:湿洼地。 六驳:驳也作驳。木名,即赤李。六表示多数,秦人在数字上崇尚六。
⑦靡乐:不乐。
⑧棣(dì):郁李。一说常棣。
⑨檖(suì):山梨。

疾速的晨风,从北林吹过。
没有见到所爱,忧伤将我折磨。
为什么呀为什么,大半已是忘了我。

山头生栎树,赤李在低处。
没有见到所爱,心中忧闷难除。
为什么呀为什么,大半已是忘了我。

郁李已成丛,山梨洼地生。
没有见到所爱,忧愁如醉浓浓。

为什么呀为什么,大半已是忘了我。

无 衣

题解

这是一首战士的备战之歌。诗中慷慨激昂的情调,表现了战士枕戈以待,随时准备共赴战场为国捐躯的精神。

原诗

岂曰无衣?与子同袍①。
王于兴师②,脩我戈矛③。
与子同仇④。

岂曰无衣?与子同泽⑤。
王于兴师,脩我矛戟⑥。
与子偕作⑦。

岂曰无衣?与子同裳。
王于兴师,脩我甲兵⑧。
与子偕行⑨。

①袍:长衣。
②王于兴师:秦王如起兵。于,如。兴师,起兵。
③戈矛:两种长柄兵器。戈平头似镰刀,矛尖头似长枪。
④同仇:同仇敌忾,即共同对敌。
⑤泽:内衣。
⑥戟:结合戈矛二器特点而成的兵器,既可直刺,也可横刺。
⑦偕作:共同起来干。偕,共同。作,起。
⑧甲兵:兵器的总称。甲,衣甲。兵,兵器。
⑨偕行:同行,同往。

难道说没有衣裳?愿与你同着战袍。
王将要起兵征讨,快修好短戈长矛。

你我一同冲向前哨。

难道说没有衣裳?愿与你共着汗衫。
王将要起兵作战,快修好矛头戟杆。
你我一同共赴国难。

难道说没有衣裳?愿与你共同去穿。
王将要起兵打仗,快整好甲胄戎装。
你我一同挺进前方。

渭 阳

这是一首甥舅送别诗。一片甥舅至情,颇得后人激赏。后人以"渭阳"称呼舅舅,即由此而来。

我送舅氏,曰至渭阳。
何以赠之?路车乘黄①。

我送舅氏,悠悠我思。
何以赠之?琼瑰玉佩②。

①路车:诸侯乘坐的车。 乘黄:四匹黄马。古车一乘驾四马。
②琼瑰:珠玉之类。 玉佩:玉石做成的佩饰。

我送我的舅舅,送他送到渭阳。
拿什么赠别?车儿大,马儿黄。

我送我的舅舅,愁肠百转千回。
拿什么赠别?有珠宝,有玉佩。

权　舆

【题解】 这首诗写没落贵族的悲叹。诗中反复咏叹今不如昔,表现了无可奈何的悲观情绪。

【原诗】

於①！我乎,夏屋渠渠②,
今也每食无馀。
于嗟乎③！不承权舆④。

於！我乎,每食四簋⑤,
今也每食不饱。
于嗟乎！不承权舆。

【注释】

①於(wū):叹词。
②夏屋:大器皿。一说大屋。　渠渠:高大宽广的样子。
③于嗟乎:悲叹声。于,同"吁"。
④不承权舆:不比当初。承,继承。权舆,当初。
⑤簋(guǐ):古代的盛食器具。

【诗意】

为什么哟,器皿美食堆得高,
如今呀,肚子也填不饱。
可叹哟,当初的好时光已完了。

为什么哟,每顿饭四碟八碗,
现在呀,肚子也填不满。
可叹哟,从前的好日子已完了。

◎陈 风

宛 丘

题解

这是一首写舞女美妙舞姿的诗。宛丘为陈国的游乐之地,就像郑国的溱洧、宋时的西湖一样,是人们迎神游乐的地方。

原诗

子之汤兮①,宛丘之上兮②。
洵有情兮,而无望兮③。

坎其击鼓④,宛丘之下。
无冬无夏,值其鹭羽⑤。

坎其击缶⑥,宛丘之道。
无冬无夏,值其鹭翿⑦。

注释

①子:你。 汤:通"荡",形容舞姿摇摆的样子。
②宛丘:地名,又名韫丘,是陈国的游览之地。
③无望:没有希望。
④坎其:坎坎,击鼓声。
⑤值:树立。一说持,拿着。 鹭羽:用鹭的长羽制成的饰物。这里当指舞时树于舞场的羽制饰物。
⑥缶:瓦盆。古代歌舞时以击缶为节奏。
⑦鹭翿(chóu):用鹭羽为饰的旗,与上鹭羽为同一物。这里当指舞时树于舞场的羽饰旗。

诗意

姑娘啊轻摇曼舞,就在那宛丘的高处。
我的情意啊深长,却又不能太多奢望!

击起鼓儿咚咚响,就在那宛丘山脚下。
不论严冬与盛夏,鹭羽旗饰树于舞场上。

敲起瓦盆当当响,就在那宛丘路中央。
不论严冬和盛夏,鹭羽旗饰树于舞场上。

东门之枌

这是一首秋日盛会之歌,男女青年欢欣鼓舞,相互赠答,全诗洋溢着欢快活泼的气氛。

东门之枌①,宛丘之栩②。
子仲之子③,婆娑其下④。

穀旦于差⑤,南方之原⑥。
不绩其麻⑦,市也婆娑⑧。

穀旦于逝⑨,越以鬷迈⑩。
视尔如荍⑪,贻我握椒⑫。

①东门:指陈国的东门。　枌(fén):白榆。
②栩(xǔ):栎树。
③子仲之子:子仲氏的女儿。
④婆娑:舞姿翩翩的样子。
⑤穀(gǔ)旦:吉日、良辰。　差:择,往。
⑥原:原野。
⑦绩:纺。
⑧市:人杂聚的地方,集市。
⑨逝:往。
⑩越以:发语词。　鬷(zōng)迈:会聚行乐。迈,行。
⑪荍(qiáo):草名,即荆葵。
⑫贻:赠送。　握椒:成把的花椒。

东门那边的白榆,宛丘这边的栎树。
子仲家里的姑娘,在树下翩翩起舞。

在吉日一同前往,欢会在南边的平原。
姑娘们停止了绩织,也到这里游玩。

在吉日一同去游,参加这节日的狂欢。
我爱你荆葵花般的艳丽,你赠我花椒的芬芳。

衡　门

这是一首失恋者的悲歌。他看到一对对男女结伴而行,自己却零丁一人。因此面对泌水,"饥饿"难熬。其实自己择偶的要求并不高,只是未能如愿。

衡门之下①,可以栖迟②。
泌之洋洋③,可以乐饥④。

岂其食鱼,必河之鲂⑤?
岂其娶妻,必齐之姜⑥?

岂其食鱼,必河之鲤?
岂其娶妻,必宋之子⑦?

①衡门:即"横门",衡木为门,指简陋的房屋。
②栖迟:休憩。
③泌(bì):水名。　洋洋:水盛的样子。
④乐:通"疗",治。疗饥即止饥。
⑤鲂:即鳊,是鱼中美味者。这里比喻异性。
⑥齐之姜:齐国姜姓之女。指代有声望的大家闺秀。
⑦宋之子:宋国子姓之女。也指有声望的大家闺秀。

简陋的横木门下,怎么能够安下身?
洋洋泌水不停息,清水填肠可止饥?

难道吃鱼,定要把美味的鳊鱼尝?
难道娶妻,定要齐国姜姓好姑娘?

难道吃鱼,定要把美味的鲤鱼尝?
难道娶妻,定要宋国子姓的好姑娘?

东门之杨

这首诗描绘出一幅人约黄昏、久候不至的情景。在叶之声、星之光的反衬下,写出寂寞无聊的心境。

东门之杨,其叶牂牂①。
昏以为期,明星煌煌②。

东门之杨,其叶肺肺③。
昏以为期,明星晢晢④。

①牂牂(zāng):树叶摩擦的声音。一说茂盛的样子,或风吹动树叶的样子。
②明星:明亮的星星,一说启明星。 煌煌:明亮的样子。
③肺肺(pèi):茂盛的样子。
④晢晢(zhé):明亮的样子。

东门那边有白杨,风吹叶儿嚓嚓响。
人儿相约黄昏时,已是众星亮堂堂。

东门那边有白杨,风吹叶儿沙沙响。
人儿相约在黄昏,已是众星闪亮光。

墓 门

这是一首讽刺坏人的诗作,她既为人所共知的"夫也不良"而伤心;又为这个人不能罢其

"不良"之行而痛心。

墓门有棘①，斧以斯之②。
夫也不良③，国人知之。
知而不已④，谁昔然矣⑤！

墓门有梅，有鸮萃止⑥。
夫也不良，歌以讯之⑦。
讯予不顾，颠倒思予⑧。

①墓门：墓道之门。
②斯：析、劈。
③夫：彼，那个人。
④已：止，罢休。
⑤谁昔：畴昔，从前。
⑥鸮（xiāo）：鸱鸮，猫头鹰。 萃：集。 止：之。
⑦讯：通"谇"（suì），责骂。
⑧颠倒：跌倒，比喻困境。

墓门有棵恶荆树，拿起斧头劈了它。
那个人呀真不好，人们个个知道他。
知道了他也不悔改，他老早儿就是这个样。

墓门有棵恶梅树，猫头鹰聚在上边。
那个人呀真不好，编支歌儿劝刺他。
劝刺了他也不理会，他栽了跟头才能想起我！

防有鹊巢

这是一首失恋者之歌。诗写情人之间出现了矛盾，一方愁苦无限，不由地失声呼唤。这呼声有疑虑、有责怨、有乞求，是一种弱者失恋后的心理。

防有鹊巢①,邛有旨苕②。
谁侜予美③,心焉忉忉④。

中唐有甓⑤,邛有旨鷊⑥。
谁侜予美,心焉惕惕⑦。

①防:防堤、堤坝。
②邛(qióng):土丘。　旨苕(tiáo):甘美的苕草。
③侜(zhōu):欺骗。　予美:我的爱人。
④忉(dāo)忉:忧愁不安的样子。
⑤唐:庭中或庙中的路。　甓(pì):砖。
⑥旨鷊(yì):甘美的鷊草。鷊,草名,又名绶草。
⑦惕惕:恐惧不安的样子。

哪里见过堤上筑鹊巢？哪里见过丘上生水草？
是谁欺骗了我的爱人？我的心里啊愁苦不安。

哪里见过路上铺砖瓦？哪里见过丘上生水草？
是谁欺骗了我的爱人？我的心里啊恐惧不安。

月　　出

这是一幅月夜怀人图。诗中的月光与容貌俱美,诗人的痴情也全系于此。难怪惹出下边的无限相思。

月出皎兮①,佼人僚兮②,
舒窈纠兮③,劳心悄兮④。

月出皓兮⑤,佼人懰兮⑥,

舒慢受兮⑦,劳心慅兮⑧。

月出照兮⑨,佼人燎兮⑩,
舒夭绍兮⑪,劳心惨兮⑫。

①皎:皎洁。
②佼(jiǎo)人:美人。佼通"姣",好。 僚:美好的样子。
③舒:舒迟、徐缓。 窈纠:体态美好的样子。
④劳心:忧心。 悄:悄悄,忧愁的样子。
⑤皓:明亮。
⑥懰(liú):妖冶的样子。
⑦慢(yǒu)受:行步舒迟的样子。
⑧慅(cǎo):忧思不安的样子。
⑨照:通"昭",光明。
⑩燎:通"嫽",美好的样子。
⑪夭绍:要绍,体态美好的样子。
⑫惨:通"懆",忧愁不安的样子。

月儿出来多光耀,想起美人多俊俏,
安闲地走动,体态多苗条!
思念她让我心焦呀!

月儿出来多明亮,想起美人多漂亮,
安闲地走动,体态多美好!
思念她让我忧愁啊!

月儿出来多光明,想起美人多美妙,
安闲地走动,体态真柔婉!
思念她让我烦恼啊!

株 林

这首诗是讽刺陈灵公私通夏南之事,隐言微讽,颇为含蓄。

胡为乎株林①？从夏南兮②；
　　匪适株林③，从夏南！

　　驾我乘马④，说于株野⑤。
　　乘我乘驹，朝食于株⑥。

①胡：何。　为：治。为乎株林，指在株林筑台之事。
②从：因。一说跟人。　夏南：夏姬之子夏征舒。
③匪适：彼往，他们去。匪，通"彼"。
④乘（shèng）马：同驾一车的四匹马。
⑤说：通"税"，停车。
⑥朝食：早餐，吃早饭。

　　为什么筑台株林？因为夏南哟。
　　他们往株林，因为夏南！

　　驾起我的四匹马，到达株林就停下。
　　坐上我的四马车，早餐株林不耽搁。

泽　陂

　　这是一首失恋者之歌，诗意与《汉广》《蒹葭》相类，只是此诗对莲花，怀情人，触物伤怀，情现于外，更加忧思感伤。

　　彼泽之陂①，有蒲与荷②。
　　有美一人，伤如之何③。
　　寤寐无为④，涕泗滂沱⑤。

　　彼泽之陂，有蒲与蕑⑥。

有美一人,硕大且卷⑦。
寤寐无为,中心悁悁⑧。

彼泽之陂,有蒲菡萏⑨。
有美一人,硕大且俨⑩。
寤寐无为,辗转伏枕。

①泽陂(bēi):湖泽的堤岸。陂,堤岸。
②蒲:水草名。
③伤:因思念而忧伤。一说当作阳,女中的贱者称阳。
④无为:无聊,无所事事。
⑤涕:眼泪。 泗:鼻涕。 滂沱(pāng tuó):本意是雨大的样子,这里用来形容哭泣不止的样子。
⑥蕳(jiān):莲,今名莲子。荷花的果实。
⑦硕大:高大。 卷:须发美好的样子。
⑧悁悁(juān):抑郁不乐的样子。
⑨菡萏(hàn dàn):荷花。
⑩俨:端庄的样子。

在那湖泽的岸边,
有蒲草还有荷花摇曳生姿。
有一个美丽的人儿,
想得他心伤又无可奈何。
我醒也不是睡也不能,
眼泪鼻涕呀快流成河。

在那湖泽的岸边,
有蒲草还有莲子结实累累。
有一个美丽的人儿,
高大的身材,须发美好。
我醒也不是睡也不能,
想念他愁闷真难排解。

在那湖泽的岸边,
有蒲草还有荷花含苞怒放。
有一个美丽的人儿,

高大的身材,仪表堂堂。
我醒也不是睡也不能,
思念他一夜千回百转。

◎桧　风

隰有苌楚

这首诗抒发了一种人生的烦恼和厌世的情感。诗人悲叹的原因有二：一是生之烦恼，二是家室之累。

原诗

隰有苌楚①，猗傩其枝②。
夭之沃沃③，乐子之无知④。

隰有苌楚，猗傩其华。
夭之沃沃，乐子之无家⑤。

隰有苌楚，猗傩其实。
夭之沃沃，乐子之无室⑥。

①苌(cháng)楚：植物名，羊桃。
②猗傩(ē nuó)：婀娜，柔媚的样子。
③夭：小而和舒的样子。　沃沃：肥美有光泽的样子。
④子：指苌楚。
⑤无家：无家室之累。
⑥室：家室。

洼地长着羊桃，迎风摆动着枝条。
你那样姣好润嫩，庆幸你没有"知"的苦恼。

洼地长着羊桃，迎风摆动着鲜花。
你那样姣好润嫩，庆幸你没有室家。

洼地长着羊桃,迎风摆动着果实。
你那样姣好润嫩,庆幸你没有家室。

匪 风

题解

这是一首送夫从役的诗作。首章写大道送别;次章写望其远去;末章写别后相思。深情委婉,感人肺腑。

原诗

匪风发兮①,匪车偈兮②。
顾瞻周道③,中心怛兮④。

匪风飘兮⑤,匪车嘌兮⑥。
顾瞻周道, 中心吊兮⑦。

谁能亨鱼⑧? 溉之釜鬵⑨。
谁将西归⑩? 怀之好音⑪。

①匪风:那风。匪,彼,那。 发:起。
②偈(jié):揭。指车揭起轫木开始起行。
③顾瞻:回头看望。一说远望。 周道:大道,通道。
④怛(dá):悲伤。
⑤飘:风吹的样子。
⑥嘌(piāo):飘摇不安的样子。
⑦吊:悲伤。
⑧亨:通"烹",煮。
⑨溉(gài):通"乞",给。 釜:锅。 鬵(xún):大锅。
⑩西归:从西归来。一说西去。
⑪怀:遗,带给。

那风儿呼呼刮起,那车儿揭起车轫起行。
回头去看那大路,心里真凄惶!

那风儿呼呼吹起,那车儿飘摇不定。
回头去看那大路,心里真悲伤!

哪个人儿去烹鱼?大锅小锅送给他。
哪个人儿西归去?托他捎个好消息。

◎曹 风

蜉 蝣

题解

这首诗是对时光易逝、生命短暂的一种感叹。蜉蝣是一种生命极其短暂的生物,朝生夕死,因此古人以其喻人生的短暂。

原诗

蜉蝣之羽①,衣裳楚楚②。
心之忧矣, 于我归处③?

蜉蝣之翼,采采衣服④。
心之忧矣,于我归息?

蜉蝣掘阅⑤,麻衣如雪⑥。
心之忧矣, 于我归说⑦?

注释

①蜉蝣(fúyóu):昆虫名。此虫朝生暮死,生命短暂。
②楚楚:鲜明整洁的样子。
③于我:于何。我,通"何"。
④采采:鲜明华丽的样子。
⑤掘阅:穿穴。掘,穿。阅,通"穴"。
⑥麻衣:白布衣,这里指蜉蝣的白羽。
⑦说:通"税",止息。

译意

蜉蝣的翅膀,漂亮的衣裳。
朝生暮死心忧伤啊,
哪儿是我归去的地方?

蜉蝣的羽翼,华丽的外衣。
朝生暮死心忧伤啊,
哪儿才能让我安息?

蜉蝣多光泽,麻衣白似雪。
朝生暮死心忧伤啊,
哪儿才能让我安息?

候 人

这是一首姑娘求爱诗。姑娘主动地向男子发动爱情攻势,大胆地向他表达自己急于得到爱情的迫切心理。

彼候人兮①,何戈与祋②。
彼其之子,三百赤芾③。

维鹈在梁④,不濡其翼⑤。
彼其之子,不称其服。

维鹈在梁,不濡其咮⑥。
彼其之子,不遂其媾⑦。

荟兮蔚兮⑧,南山朝隮⑨。
婉兮娈兮⑩,季女斯饥⑪。

①候人:掌管治安和边境出入的官吏。
②何:同"荷",用肩扛着。 戈、祋(dài):兵器名。
③赤芾(fú):红色的蔽膝,这里指"彼其之子"的服饰。
④鹈(tí):水鸟名。 梁:鱼坝。
⑤濡:沾湿。
⑥咮(zhòu):鸟嘴。
⑦遂:成。 媾(gòu):待遇。
⑧荟(huì)蔚:本意是草木盛多的样子。这里形容云气浓盛的样子。
⑨隮(jī):虹。
⑩婉娈:柔顺美好的样子。
⑪季女:少女。

那些官员们,肩扛长戈和长棍。
他们那些人呀,穿红官服的三百个。

鹈鹕停在鱼坝上,不曾沾湿它翅膀。
他们那些人呀,哪配穿那些服装。

鹈鹕停在鱼坝上,不曾沾湿它的嘴。
他们那些人呀,高官厚禄不般配。

滚滚云气盛又浓,南山早上彩虹升。
多么柔顺多美好,少女她呀这样饥。

◎豳 风

七 月

题解

这是一首根据当时流行的农业歌谣编制而成的"月令"歌,一派古风,满纸春气。

原诗

七月流火①,九月授衣②。
一之日觱发③,二之日栗烈④。
无衣无褐⑤,何以卒岁⑥?
三之日于耜⑦,四之日举趾⑧。
同我妇子⑨,馌彼南亩⑩,
田畯至喜⑪。

七月流火,九月授衣。
春日载阳⑫,有鸣仓庚⑬。
女执懿筐⑭,遵彼微行⑮。
爰求柔桑⑯。春日迟迟⑰,
采蘩祁祁⑱。
女心伤悲,殆及公子同归⑲。

七月流火,八月萑苇⑳。
蚕月条桑㉑,取彼斧斨㉒。
以伐远扬㉓,猗彼女桑㉔。
七月鸣䴗㉕,八月载绩㉖。
载玄载黄㉗,我朱孔阳㉘,
为公子裳。

四月秀葽㉙,五月鸣蜩㉚。

八月其获㉛,十月陨萚㉜。
一之日于貉㉝,取彼狐狸,
为公子裘。二之日其同㉞,
载缵武功㉟。
言私其豵㊱,献豜于公㊲。

五月斯螽动股㊳,
六月莎鸡振羽㊴。
七月在野,八月在宇㊵。
九月在户㊶,十月蟋蟀入我床下。
穹窒熏鼠㊷,塞向墐户㊸。
嗟我妇子,曰为改岁㊹,
入此室处㊺。

六月食郁及薁㊻,
七月亨葵及菽㊼。
八月剥枣㊽,十月获稻。
为此春酒㊾,以介眉寿㊿。
七月食瓜,八月断壶㉑。
九月叔苴㉒,采荼薪樗㉓,
食我农夫㉔。

九月筑场圃㉕,十月纳禾稼㉖。
黍稷重穋㉗,禾麻菽麦㉘。
嗟我农夫,我稼既同㉙,
上入执宫功㉚。昼尔于茅㉑,
宵尔索綯㉒。
亟其乘屋㉓,其始播百谷㉔。

二之日凿冰冲冲㉕,
三之日纳于凌阴㉖。

四之日其蚤⁶⁷,献羔祭韭⁶⁸。
九月肃霜⁶⁹,十月涤场⁷⁰。
朋酒斯飨⁷¹,曰杀羔羊。
跻彼公堂⁷²,称彼兕觥⁷³,
万寿无疆⁷⁴。

①流:向下沉。 火:星宿名,即心宿,又名大火。据记载,在周时,六月黄昏,大火出现在正南方,七月则开始西沉。
②授衣:授予女工裁制冬衣的工作。
③一之日:一月之日。周历的一月即夏历的十一月。下面二之日、三之日,即二月之日(十二月)、三月之日(一月)。 觱(bì)发:风寒的样子。一说寒风的声音。
④栗烈:凛冽。
⑤褐(hè):粗布衣。
⑥卒岁:终岁。
⑦于:往。 耜(sì):翻土的农具。
⑧举趾:用锄平土。
⑨妇子:妻子孩子。
⑩馌(yè):送饭。
⑪田畯(jùn):田官。 至喜:非常高兴。
⑫载:开始。 阳:暖和。
⑬仓庚:鸟名,就是黄莺。
⑭懿筐:深筐。
⑮微行:桑间小路。
⑯柔桑:新嫩的小桑。
⑰迟迟:舒缓,舒长。这里指春日白天天渐渐变长而且暖和。
⑱蘩:白蒿。 祁祁:众多的样子。
⑲殆及:将与。
⑳萑(huán)苇:芦苇成熟。
㉑蚕月:养蚕之月。 条桑:修理桑枝。
㉒斧斨(qiāng):伐木工具。柄孔圆的是斧,方的是斨。
㉓远扬:高高扬起的枝条。
㉔猗:通"殷",茂盛的样子。 女桑:小桑。
㉕鵙(jué):伯劳。
㉖载:开始。一说于是。 绩:绩织。
㉗玄:黑红色。 黄:黄色。这里指丝织品所染的颜色。
㉘朱:红色,这里用作动词。 孔阳:非常鲜艳。
㉙秀葽(yāo):远志结实。葽(yāo),植物名,今名远志。
㉚蜩(tiáo):蝉。

㉛其获:开始收获庄稼。
㉜陨萚(tuò):树叶落下。陨,落。萚,落叶。
㉝于貉(hé):去打貉子。貉,一种形状像狐的兽。
㉞同:聚,会合,指聚众狩猎。
㉟载:乃。 缵:继续。 武功:练武之事,这里指打猎之事。
㊱言:以,一说我。 私:个人占有。 豵(zōng):一岁的小猪,这里泛指小兽。
㊲豜(jiān):三岁的大猪。这里泛指大兽。
㊳斯螽(zhōng):蝈蝈。 动股:开始跳动。
㊴莎(suō)鸡:虫名,今名纺织娘。 振羽:鼓动翅膀。
㊵宇:檐下。
㊶户:门口。
㊷穹:通"空"。 窒:塞满。
㊸塞向:堵住北窗。向,北窗。 墐(jīn):用泥涂抹。
㊹改岁:过年。
㊺处:居住。
㊻郁:郁李。 薁(yù):山葡萄。
㊼亨(pēng):通"烹"。 葵:菜名。 菽:豆子的总称。
㊽剥枣:打枣,收枣。剥,击打。
㊾为:酿制。
㊿介:乞求。 眉寿:高寿。
� 断壶:摘葫芦。断,摘断。壶,瓠,葫芦。
㊷叔苴(jū):拾取麻子。叔,拾取。苴,麻子。
㊳荼:苦菜。 樗(chū):臭椿树。
㊴食(sì):养活。 农夫:奴隶。
㊵场:打谷场。 圃:菜园。
㊶纳禾稼:把谷物收入仓中。禾稼,泛指农作物。
㊷黍:米黍、黄米。 稷:谷子中的一种。 重:通"种",先种后熟的农作物。 穋(lù):后种先熟的农作物。
㊸禾:谷子。
㊹同:聚、集中,这里指粮已入仓。
㊺执:操作。 宫功:修房屋之事。
㊻于茅:取茅。于,取。茅,茅草。
㊼索绹(táo):搓绳。绹,绳子。
㊽亟:急。 其:语助词。 乘屋:覆盖房屋。乘,覆盖。
㊾其始:即将开始。
㊿冲冲:凿冰的声音。
㊵凌阴:冰室。
㊶蚤:通"早"。
㊷献羔祭韭:用羔羊和韭菜祭祀。
㊸肃霜:肃爽。

137

⑩涤场:农事完毕。
⑪朋酒:两樽酒。 飨:会餐。
⑫跻(jī):登上。
⑬称:举起。 兕(sì)觥:犀牛角杯。
⑭无疆:无穷、无边。

七月火星向西沉,九月就把寒衣分。
冬天北风呼呼响,腊月寒气真凛冽。
没有粗布没有衣,怎么能熬到年底?
正月里来修农具,二月里来去耕地。
召唤老婆和孩子,送饭送到南田里,
田官见了挺欢喜。

七月火星向西沉,九月就把寒衣分。
春日天气暖融融,黄莺飞来飞去鸣。
姑娘们挎着深筐,走在桑间小路上,
去采喂蚕的嫩桑。春来日子悠悠地长,
白蒿子采得真够忙。
姑娘们心里正悲伤,怕和那公子们一同行。

七月火星向西沉,八月芦苇已长成。
养蚕之月去理桑,拿起圆孔斧儿方孔斨。
太长的枝条都砍光,再采茂盛的小嫩桑。
七月里来伯劳唱,八月里来绩麻忙。
染出丝来有黑也有黄,染成红色更鲜亮,
替那公子做衣裳。

四月里来远志把子结,五月里来知了叫不歇。
八月里来收谷子,十月里来树叶落。
冬月里去打貉子,还要去捉那狐狸,
给那公子做皮衣。
腊月里大家又聚齐,准备打猎先要练武艺。
小的野兽留给自己,大的野兽献给公爷。

五月里来蝈蝈弹腿响,六月里纺织娘抖翅膀。
七月里来蟋蟀在野外,八月里在屋檐下。
九月里在门口叫,十月里往床下跑。

堵塞墙洞熏老鼠,封闭北窗涂门户。
召唤老婆和孩子,因为要过年,
搬进屋里来居住。

六月里吃郁李和山葡萄,
七月里煮葵菜和豆角类。
八月里打枣,九月里收稻。
酿成这些好酒,帮助老人长寿。
七月里来吃瓜儿,八月里来摘葫芦。
九月里来收麻子,摘些苦菜砍些柴,
让咱们农夫吃个饱。

九月里修好打谷场,十月里把庄稼来收藏。
早谷、晚谷、黄米、高粱,
还有那禾麻稻麦满满装。
咱们这些农夫呀,地里庄稼刚收完,
又替公家来修房。
白天割茅草,晚上搓绳子。
急急忙忙盖房屋,回头种谷又要忙。

腊月里,凿冰冲冲响,
正月里,抬冰往窖里藏。
二月里早早行祭礼,献上韭菜与羔羊。
九月里来天肃爽,十月里农事完毕。
两樽酒来去会餐,顺便宰杀一只羊。
登上那公爷的大堂,举起那牛角杯儿,
道一声:"万寿无疆。"

鸱　鸮

　　这是一首别具一格的禽言诗。诗篇以一只老鸟的口吻,诉述了自己为挽救家室,为保卫子弟所付出的艰辛和担忧。这种描写既合于鸟的生活,又合于老臣的思想。

　　　　鸱鸮鸱鸮①,既取我子,

无毁我室②。
恩斯勤斯③,鬻子之闵斯④。

迨天之未阴雨⑤,彻彼桑土⑥,
绸缪牖户⑦。
今女下民⑧,或敢侮予⑨。

予手拮据⑩,予所捋荼⑪,
予所蓄租⑫,予口卒瘏⑬,
曰予未有室家。

予羽谯谯⑭,予尾翛翛⑮。
予室翘翘⑯,风雨所漂摇,
予维音哓哓⑰。

①鸱鸮(chī xiāo):猫头鹰。
②室:指鸟巢。
③恩:爱抚。 勤:担忧。 斯:语助词。
④鬻(yù):通"育",养育。 闵:忧患、劳神。
⑤迨:趁着。
⑥彻:通"撤",剥取。 桑土:桑杜,桑根。
⑦绸缪:缠绕。 牖(yǒu)户:窗户。
⑧下民:树下之人。
⑨或:有。 侮:凌辱。 予:我。
⑩拮据(jié jū):因劳累而发僵的样子。
⑪所:尚,还。 捋:取。
⑫蓄租:蓄积。
⑬卒瘏(tú):疲劳的样子。卒,通"悴"。
⑭谯谯(qiáo):羽毛枯黄的样子。
⑮翛翛(xiāo):羽毛凋敝的样子。
⑯翘翘:高而危险的样子。
⑰哓哓(xiāo):惊恐的叫声。

猫头鹰啊猫头鹰,是你抓走我的娃,

再别毁了我的窝。爱抚啊,担忧啊,
累坏了自己为了把孩子养育大。

趁着老天没下雨,衔些桑根剥些皮,
修补窗儿和门户。
你们这些下人,可能要把我欺侮。

我的手儿已疲劳,还得采摘那茅草。
我还积攒又积攒,我的嘴儿磨坏了,
还不曾把巢儿整理好。

我的羽毛多稀少,我的尾巴已枯焦。
我的窝儿晃摇摇,雨又打来风又飘,
吓得我呀喳喳叫。

东 山

【题解】

这是一首征人还乡歌。此诗写征人在归途之中,浮想联翩。其特点在于它通过所见、所闻、所感、所想来体现具体环境经历中的思想情感。

我徂东山①,慆慆不归②。
我来自东,零雨其濛③。
我东曰归④,我心西悲⑤。
制彼裳衣,勿士行枚⑥。
蜎蜎者蠋⑦,烝在桑野⑧。
敦彼独宿⑨,亦在车下。

我徂东山,慆慆不归。
我来自东,零雨其濛。
果臝之实⑩,亦施于宇⑪。
伊威在室⑫,蠨蛸在户⑬。
町疃鹿场⑭,熠燿宵行⑮。

不可畏也,伊可怀也⑯。

我徂东山,慆慆不归。
我来自东,零雨其濛。
鹳鸣于垤⑰,妇叹于室。
洒扫穹窒,我征聿至⑱。
有敦瓜苦⑲,烝在栗薪⑳。
自我不见,于今三年。

我徂东山,慆慆不归。
我来自东,零雨其濛。
仓庚于飞,熠燿其羽。
之子于归㉑,皇驳其马㉒。
亲结其缡㉓,九十其仪㉔。
其新孔嘉㉕,其旧如之何㉖?

①徂:往,到。 东山:指出征之地。
②慆慆(tāo):通"滔滔",这里形容时间长久。
③零雨:下雨。零,下。
④曰:同聿,乃。
⑤西悲:向西而悲。
⑥勿士行枚:不再从事征战。士,通"事",从事。行枚,指征战。
⑦蜎(yuān):卷曲的样子。 蠋(zhú):蚕。
⑧烝:久。
⑨敦:团团,卧居的样子。
⑩果臝(luǒ):又名瓜蒌,蔓生植物。
⑪施(yì):蔓延。
⑫伊威:虫名,又叫鼠妇。
⑬蟏蛸(xiāoshāo):长腿蜘蛛。
⑭町疃(tǐngtuǎn):田地。
⑮熠(yì)燿:闪亮的样子。 宵行:一种萤火虫。
⑯伊:维。 怀:伤。
⑰鹳(guàn):水鸟名,俗名老鹳。 垤(dié):小土堆。
⑱征:行。 聿:曰,将。
⑲敦:瓜一个一个的样子。 瓜苦:瓜瓠。古人结婚行合卺之礼,就是以一瓠分作两瓢,夫妇各执

一瓢盛酒漱口。这里的"瓜苦"似指合卺的匏。

⑳栗薪:列薪,用木枝搭起的木架。

㉑之子:指妻子。 于归:出嫁。

㉒皇:黄白色。 驳:赤白色。

㉓结缡(lí):将佩巾结在带上。古俗嫁女时母亲为女儿结缡。

㉔九十其仪:指同时归来的许多青年人都找到了对象。

㉕孔嘉:很好。

㉖其旧:指夫妻重逢。

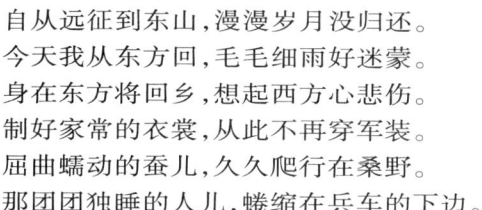

　　　　　自从远征到东山,漫漫岁月没归还。
　　　　　今天我从东方回,毛毛细雨好迷蒙。
　　　　　身在东方将回乡,想起西方心悲伤。
　　　　　制好家常的衣裳,从此不再穿军装。
　　　　　屈曲蠕动的蚕儿,久久爬行在桑野。
　　　　　那团团独睡的人儿,蜷缩在兵车的下边。

　　　　　自从远征到东山,漫漫岁月没归还。
　　　　　今天我从东方回,毛毛细雨好迷蒙。
　　　　　瓜蒌藤长果实大,蔓延在那屋檐下。
　　　　　鼠妇在屋里走,长腿蜘蛛把网结在门口。
　　　　　田地变成鹿场,夜里萤火虫闪闪发亮。
　　　　　家园荒凉真可怕,叫人多么伤悲呀。

　　　　　自从远征到东山,漫漫岁月没归还。
　　　　　今天我从东边回,毛毛细雨好迷蒙。
　　　　　土堆老鹳不停唤,家中妻子唉声叹。
　　　　　快把屋子收拾好,行人离家已不远。
　　　　　那葫芦呀一个个,搁放在那柴堆上。
　　　　　自从我们不见面,至今整整有三年。

　　　　　自从远征到东山,漫漫岁月没归还。
　　　　　今天我从东边回,毛毛细雨好迷蒙。
　　　　　飞来飞去黄莺忙,翅儿闪闪映太阳。
　　　　　姑娘过门做新娘,马儿有红也有黄。
　　　　　母亲为她结佩巾,许多同伴都找了对象。
　　　　　新婚时节真美好,久别重逢可喜欢?

伐　柯

题解

这是一首婚礼谢媒歌。在新婚宴会上,男子一方面感谢媒人的撮合,一方面设宴庆祝新婚。

原诗

伐柯如何①？匪斧不克②。
取妻如何③？匪媒不得。

伐柯伐柯,其则不远④。
我遘之子⑤,笾豆有践⑥。

①伐:砍伐。　柯:斧柄。
②克:能。
③取妻:即娶妻。
④则:法则、规格。
⑤遘(gòu):遇见。
⑥笾(biān)豆:古代盛肉食的食具。　践:陈列整齐的样子。

用什么来砍斧柄？没有斧头可不能。
想要娶妻靠何人？没有媒人可不行。

砍斧柄呀砍斧柄,它的榜样就不远。
我遇见的这个人,婚宴庆贺礼节全。

狼　跋

这是一首嘲弄光嘴巴贵族的诗。嘲弄他是拔了胡子断了尾巴的狼,即便挺着大肚皮,穿着高贵的鞋子,但它的本质并没有变。

原诗

狼跋其胡①,载疐其尾②。
公孙硕肤③,赤舄几几④。

狼疐其尾,载跋其胡。
公孙硕肤,德音不瑕⑤。

注释

①跋:踩。 胡:颈下垂肉。
②载:且。 疐(zhì):断。
③公孙:国君子孙,贵族子弟。 硕:大肚子。
④赤舄(xì):贵族所穿的红色的鞋。 几几:鞋尖翘起挺直的样子。
⑤德音:声誉、名声。 不瑕:不差。

诗意

老狼踩胡皮耷拉,屁股后面秃尾巴。
公孙挺个大肚皮,脚上红鞋顶呱呱。

老狼断成秃尾巴,踩着脖子底下皮耷拉。
公孙挺个大肚皮,你的声誉真不差!

◎ 小 雅

鹿 鸣

题解

这是一首贵族宴宾歌。主人之乐,在于与有贤才令德的"嘉宾"相聚。

原诗

呦呦鹿鸣①,食野之苹②。
我有嘉宾③,鼓瑟吹笙④。
吹笙鼓簧⑤,承筐是将⑥。
人之好我⑦,示我周行⑧。

呦呦鹿鸣,食野之蒿⑨。
我有嘉宾,德音孔昭⑩。
视民不恌⑪,君子是则是效⑫。
我有旨酒⑬,嘉宾式燕以敖⑭。

呦呦鹿鸣,食野之芩⑮。
我有嘉宾,鼓瑟鼓琴。
鼓瑟鼓琴,和乐且湛⑯。
我有旨酒,以燕乐嘉宾之心。

注释

①呦呦(yōu):鹿鸣声。
②苹:草名,又名赖萧,赖蒿。
③嘉宾:贵客。
④鼓:弹奏。 瑟:一种弦乐器。 笙:一种管乐器。
⑤簧:笙中的舌片。
⑥承:奉,捧。 将:送。
⑦好我:喜欢我。

⑧示:告,指示。　周行:大道。
⑨蒿:蒿草。
⑩德音:善言。　孔昭:很明。
⑪视:示。　恌(tiāo):轻薄、不厚道。
⑫则:法则。　效:效法。
⑬旨酒:美酒。
⑭式:语助词。　燕:宴会、宴饮。　敖:乐。
⑮芩(qín):草名。
⑯和乐:和好欢乐。　湛(dān):欢乐得很。

　　呦呦地鹿儿鸣叫,吃着野地的苹草。
　　我的贵宾都很好,又弹瑟啊又吹笙。
　　吹起笙来奏起簧,把一筐币帛都捧上。
　　人们啊与我友善,指示我向大路行。

　　呦呦地鹿儿鸣叫,吃着野地的青蒿。
　　我的贵宾都很好,说的话儿真精妙。
　　教给人们要厚道,贵族向他们学习和仿效。
　　我有美酒,贵宾们饮着乐陶陶。

　　呦呦地鹿儿鸣叫,吃着野地的芩草。
　　我的贵宾都很好,奏起瑟来弹起琴。
　　弹起琴来奏起瑟,乐得大家都尽兴。
　　我有美酒,用来安慰客人们的心。

常　　棣

　　这是一首写兄弟宴饮之乐的诗。全诗从多角度、多侧面写出兄弟之间的手足情深,毕竟是血浓于水。

　　常棣之华①,鄂不韡韡②。
　　凡今之人,莫如兄弟。

死丧之威③,兄弟孔怀④。
原隰裒矣⑤,兄弟求矣。

脊令在原⑥,兄弟急难⑦。
每有良朋⑧,况也永叹⑨。

兄弟阋于墙⑩,外御其务⑪。
每有良朋,烝也无戎⑫。

丧乱既平⑬,既安且宁。
虽有兄弟,不如友生⑭。

傧尔笾豆⑮,饮酒之饫⑯。
兄弟既具⑰,和乐且孺⑱。

妻子好合⑲,如鼓瑟琴。
兄弟既翕⑳,和乐且湛㉑。

宜尔室家,乐尔妻帑㉒。
是究是图㉓,亶其然乎㉔?

①常棣(dì):一作"棠棣",木名,就是现在的郁李。
②鄂:通"萼",即花萼。 韡韡(wěi):光明的样子。
③威:通"畏",指死丧可畏之事。
④孔怀:十分怀念。
⑤裒(póu):聚集,倒毙。
⑥脊令:就是鹡鸰,鸟名。
⑦急难:救急于危难。急,抢救。难,患难。
⑧每有:虽有。
⑨况:贶,给予。 永叹:长叹。
⑩阋(xì):争斗。 墙:屋墙,指代家中。
⑪御:抵抗。 务(wǔ):通"侮",外侮。
⑫烝(zhēng):众。 戎:帮助。
⑬丧乱:死丧祸乱。

⑭友生:友人,友好的异姓。生通"姓"。
⑮傧(bìn):陈列。 笾(biān)豆:古代祭祀或宴飨时盛果品的器皿。
⑯之:是。 饫(yù):私宴,家族中举行的宴会。
⑰具:俱,这里指兄弟全到场。
⑱孺:愉、乐。
⑲妻子:妻子和孩子。 好合:关系融洽。
⑳翕(xī):会聚。
㉑湛(dān):欢乐得很。
㉒妻帑(nú):妻子和孩子。
㉓究:深思。 图:考虑。
㉔亶(dǎn)其然乎:确实这样。亶,确实。然,如此。

　　常棣的花儿很美丽,外围的花萼不鲜艳。
　　如今人们的关系,不能和亲兄弟相比拟。

　　人怕见到死亡的恐怖,而死亡使兄弟更加关心。
　　即使在堆满死尸的原野,兄弟也会寻找亲人。

　　鹡鸰鸟在高原上长鸣,兄弟能救急于危难。
　　虽有朋友情义相投,到那时只送来一声长叹。

　　兄弟在家里打闹不休,可有外侮还会携手。
　　虽有朋友情义相投,到那时再多也不能相救。

　　丧亡祸乱统统平定,生活恢复平静安宁。
　　以为即使兄弟骨肉亲,不如朋友的重义深情。

　　把你的餐具列好摆开,在家饮酒饮个痛快。
　　兄弟们大家一起来,多么快乐啊多么亲和。

　　妻子孩子情真意深,如同那琴瑟在和鸣。
　　兄弟相处多么和睦,快乐啊真是没穷尽。

　　你的家庭多么美好,妻子儿女乐陶陶。
　　既能远虑又能深谋,真的就是这样的喽!

伐 木

题解

这是一首朋友故旧宴乐歌。它强调朋友之谊,以表达朋友相会之乐。劝慰人们广交朋友,善待亲戚。

原诗

伐木丁丁①,鸟鸣嘤嘤②。
出自幽谷③,迁于乔木④。
嘤其鸣矣,求其友声。
相彼鸟矣⑤,犹求友声。
矧伊人矣⑥,不求友生。
神之听之⑦,终和且平。

伐木许许⑧,酾酒有藇⑨。
既有肥羜⑩,以速诸父⑪。
宁适不来⑫,微我弗顾⑬。

於粲洒埽⑭,陈馈八簋⑮。
既有肥牡⑯,以速诸舅⑰。
宁适不来,微我有咎⑱。

伐木于阪⑲,酾酒有衍⑳。
笾豆有践㉑,兄弟无远㉒。
民之失德㉓,干糇以愆㉔。
有酒湑我㉕,无酒酤我㉖。
坎坎鼓我㉗,蹲蹲舞我㉘。
迨我暇矣㉙,饮此湑矣。

注释

①丁丁:伐木的声音。
②嘤嘤(yīng):鸟鸣叫的声音。

③幽谷:深谷。
④迁:高迁。
⑤相:察看。
⑥矧(shěn):何况。 伊人:是人。
⑦神:谨慎。 听:听从。
⑧许许(hǔ):锯木的声音。
⑨酾(shī)酒:滤酒。 莤(xù):甘美。
⑩羜(zhù):羊羔,嫩羊。
⑪速:召,邀请。 诸父:同姓长辈。
⑫宁:或。 适:偶尔。
⑬微:勿。
⑭於:发语词。 粲:鲜明,引申为干净整洁。
⑮陈馈(kuì):陈设物。陈,摆开。馈,食物。 八簋(guǐ):指盛隆的宴会。
⑯牡:公兽,这里指公羊。
⑰诸舅:异姓长辈。
⑱咎:过错。
⑲阪:山坡。
⑳有衍:衍衍,形容盛酒满杯外溢的样子。
㉑践:陈列的样子。
㉒兄弟:指同辈亲友。 无远:不疏远,都在场。
㉓民:人。 失德:不讲交情。
㉔干糇(hóu):干粮。 以:有。 愆:过错。
㉕湑(xǔ):用茅草过滤酒。
㉖酤(gū):一宿即熟的酒。一说买酒。
㉗坎坎:作节拍的鼓乐声。
㉘蹲蹲:跳舞的样子。
㉙迨:趁。 暇:空闲。

丁丁是那伐木声,嘤嘤是那鸟儿鸣。
鸟儿从深谷飞出,迁居高高的树木。
嘤嘤的鸟鸣呀,等它同伴的应和。
看那些鸟儿呀,还等同伴的应和。
何况是人呀,怎能不要友朋?
细细品味求友的道理,你就既和乐又安宁。

许许是那锯木声,醇酒呀,真甘美。
有了肥嫩的小羊,去请那同姓尊长。
他们偶尔不来,并非我不顾及。

啊,洒扫得真干净,八大圆盘全摆上。
有了肥美的公羊,去请那异姓尊长。
他们偶尔不来,并非我不周到。

伐木在那山坡上,盛满醇酒往外溢。
餐具行行摆得好,兄弟个个都聚齐。
人们呀不讲交情,为争干粮生闲气。
有清酒就把清酒饮,没清酒浊酒也能行。
我们冬冬来敲鼓,我们翩翩又起舞。
趁着我们有空闲,快把这美酒都干了。

采 薇

题解

这是一首戍卒返乡歌。将征人思家忍苦的情感放在对景物的描写及对军旅生活的述说中来表现,是其最突出的艺术特色。

采薇采薇①,薇亦作止②。
曰归曰归,岁亦莫止③。
靡室靡家,玁狁之故④。
不遑启居⑤,玁狁之故。

采薇采薇,薇亦柔止⑥。
曰归曰归,心亦忧止。
忧心烈烈⑦,载饥载渴。
我戍未定⑧,靡使归聘⑨。

采薇采薇,薇亦刚止⑩。
曰归曰归,岁亦阳止⑪。
王事靡盬⑫,不遑启处。
忧心孔疚⑬,我行不来⑭。

彼尔维何⑮？维常之华⑯。
彼路斯何⑰？君子之车。
戎车既驾⑱，四牡业业⑲。
岂敢安居，一月三捷⑳。

驾彼四牡，四牡骙骙㉑。
君子所依㉒，小人所腓㉓。
四牡翼翼㉔，象弭鱼服㉕。
岂不日戒㉖？狁孔棘㉗。

昔我往矣，杨柳依依㉘。
今我来思，雨雪霏霏㉙。
行道迟迟㉚，载渴载饥。
我心伤悲，莫知我哀。

①薇：野菜名，又名野豌豆。
②作：长出来。　止：语助词。
③莫：通"暮"。岁暮，岁末。
④狁(xiǎn yǔn)：北方少数民族名，即后来的匈奴。
⑤不遑启居：无暇休息。
⑥柔：幼苗始生时的柔弱状态。
⑦烈烈：形容忧心如焚的样子。
⑧戍：驻守。
⑨靡使归聘：没有使者带去我的平安家信。使，使者。聘，问候。
⑩刚：刚硬，指薇菜茎叶变硬。
⑪阳：天暖。
⑫靡盬(gǔ)：没有休止。
⑬孔疚：非常痛苦。
⑭来：返，定止。
⑮尔：苶，花盛开的样子。
⑯维常之华：为棠树之花。常，通"棠"。华，通"花"。
⑰彼路斯何：那高大的是什么。路，高大的样子。斯，语助词。
⑱戎车：兵车。
⑲业业：马高大雄壮的样子。
⑳捷：通"接"，接战，交锋。

㉑骙骙(kuí):马强壮的样子。
㉒依:凭依,指乘车。
㉓腓(féi):隐蔽。
㉔翼翼:步伐整齐的样子,这里是说战车训练有素。
㉕象弭:两端有象骨装饰的弓。弭,弓的两端。 鱼服:用沙鱼皮做的箭袋。服,通"箙",放箭的器物。
㉖日戒:日日戒备。戒,警惕。
㉗棘:急,指敌情紧急。
㉘杨柳:蒲柳。 依依:杨柳茂盛柔长,随风飘动的样子。
㉙雨雪:下雪。 霏霏:雪花纷纷扬扬的样子。
㉚行道迟迟:征程长远。行道,道路。迟迟,长远的样子。

采薇菜、采薇菜,薇菜冒出小芽芽。
说回家、说回家,转眼到了年底啦。
没有室呀没有家,为着抵御狎狁呀。
哪有空儿歇一下,为着抵御狎狁呀。

采薇菜、采薇菜,薇菜长得多鲜嫩。
说回家、说回家,心里觉得多愁闷。
心里忧闷如火焚,饥饿难挨渴难忍。
我的驻地不固定,去哪找人捎家信。

采薇菜、采薇菜,薇菜茎干刚又硬。
说回家、说回家,天气变得暖和了。
王室差事没休止,哪有空儿坐一下。
我的心情很痛苦,我的出征何时了。

那边盛开什么花? 还不是常棣的花。
谁的车儿这么大? 还不是将帅的车。
兵车已经驾起来,四匹公马多健壮。
哪敢安然来住下? 一月打了多次仗。

将公马驾起四匹,四匹公马多神气。
将帅们坐在车上,士兵们靠它隐蔽。
四匹公马多整齐,鱼皮箭囊象牙弭。
哪敢不天天警戒? 狎狁进攻很紧急。

想起我出征时光,蒲柳啊轻轻飘荡。

而今我重返家乡,雪儿啊纷纷飘扬。
路儿呀这么漫长,饥饿难挨渴难当。
我的心里真悲凉,谁知道我的哀伤?

出 车

题解

这是一首出征将领凯旋所作的诗。诗在一定程度上是为歌颂同僚南仲而作,但也把自己的心情感受带了出来。

原诗

我出我车,于彼牧矣①。
自天子所,谓我来矣②。
召彼仆夫③,谓之载矣。
王事多难,维其棘矣④。

我出我车,于彼郊矣。
设此旐矣⑤,建彼旄矣⑥。
彼旟旐斯⑦,胡不旆旆⑧?
忧心悄悄,仆夫况瘁⑨。

王命南仲⑩,往城于方⑪。
出车彭彭⑫,旂旐央央⑬。
天子命我,城彼朔方⑭。
赫赫南仲⑮,狁于襄⑯。

昔我往矣,黍稷方华⑰。
今我来思,雨雪载涂⑱。
王事多难,不遑启居⑲。
岂不怀归,畏此简书⑳。

喓喓草虫㉑,趯趯阜螽㉒。

未见君子，忧心忡忡㉓。
既见君子，我心则降㉔。
赫赫南仲，薄伐西戎㉕。

春日迟迟㉖，卉木萋萋㉗。
仓庚喈喈㉘，采蘩祁祁㉙。
执讯获丑㉚，薄言还归。
赫赫南仲，狎狁于夷㉛。

①牧：指郊外可放牧的地方。
②谓：使，派遣。
③仆夫：车夫。
④维：发语词。 其：指王事。 棘：急，指情势紧急。
⑤旐（zhào）：绘有龟蛇图案的旗。
⑥旄（máo）：装饰着羽毛的旗。
⑦旟（yú）：绘有鹰隼图案的旗。 斯：语助词。
⑧旆旆（pèi）：形容旗帜盛多的样子。
⑨况瘁（cuì）：没有精神、憔悴无力的样子。
⑩南仲：宣王时的大将。
⑪城：筑城。 于方：地名。
⑫彭彭：众盛的样子。
⑬旂（qí）：绘有双龙图案并且有铃的旗。 央央：鲜明的样子。
⑭朔方：北方。
⑮赫赫：形容声名显赫。
⑯襄：通"攘"，除。
⑰方：正。 华：开花。
⑱载涂：满路。涂，通"途"，道路。
⑲不遑启居：无暇休息。
⑳简书：写在竹简上的文书，指周王的命令。
㉑喓喓（yāo）：虫鸣声。
㉒趯趯（tì）：跳跃的样子。
㉓忡（chōng）忡：心忧愁不安的样子。
㉔降：放下。
㉕薄伐：猛击、讨伐。薄，同"搏"。
㉖迟迟：舒缓的样子。
㉗卉木：草木。
㉘仓庚：鸟名，黄莺。 喈喈：鸟鸣声。

㉙祁祁:众多的样子。
㉚执:捕获。 讯:审问。
㉛夷:平定。

　　开出我的兵车,走向那边牧地。
　　从朝廷那出发,奉命来到这里。
　　召呼那个车夫,命他驾车出发。
　　国家患难重重,这时已经紧急。

　　开出我的兵车,走向那边郊野。
　　摆开龟蛇旗帜,立起羽饰旗杆。
　　那鹰隼旗、龟蛇旗,为何不够多?
　　我心里很不安,车夫累得惨。

　　天子命令南仲,去到于方筑城。
　　车马浩浩荡荡,旌旗一片辉煌。
　　天子命令我们,去到北方筑城。
　　南仲威风凛凛,扫荡那边猃狁。

　　当初从军打仗,黍稷花正开放。
　　如今重返家园,雪花飘满归程。
　　国家患难重重,哪有空儿闲下。
　　难道不想回家?担心文书告急。

　　草虫在喓喓叫,蚱蜢在蹦蹦跳。
　　没见到那人儿,心里忧愁不安。
　　见到了那人儿,我的心才放下。
　　南仲威风凛凛,要去征讨西戎。

　　春天日子长长,草木长得茁壮。
　　黄莺到处歌唱,采蘩人那么多。
　　捕获审问俘虏,凯旋回到家乡。
　　南仲威风凛凛,平定那边猃狁。

杕 杜

这是一首闺妇思念久役不归的丈夫之诗。其中前三章每开头两句,以物起兴,同时点出节候,颇似后世的四季相思歌。

有杕之杜①,有睆其实②。
王事靡盬,继嗣我日③。
日月阳止④,女心伤止,
征夫遑止⑤。

有杕之杜,其叶萋萋。
王事靡盬,我心伤悲。
卉木萋止,女心悲止,
征夫归止。

陟彼北山,言采其杞。
王事靡盬,忧我父母。
檀车幝幝⑥,四牡痯痯⑦,
征夫不远。

匪载匪来⑧,忧心孔疚。
期逝不至⑨,而多为恤⑩。
卜筮偕止⑪,会言近止⑫,
征夫迩止。

①杕(dì)杜:独生的棠树。
②有睆(huǎn):睆睆,果实众多的样子。
③继嗣我日:继续延长行役的时间。嗣,续。
④阳:天气渐渐变暖。

⑤遑:闲暇。
⑥檀车:用檀木做的行役之车。　啴啴(chǎn):破敝的样子。
⑦痯痯(guǎn):疲惫的样子。
⑧匪载匪来:那车不来。第一个"匪"通"彼",第二个"匪"通"非"。载,车。
⑨期逝不至:过期不来。逝,往。至,来。
⑩而多为恤:让我忧伤。恤,忧。
⑪卜筮偕止:多种方式占卜过。卜,龟占。筮,蓍草占。偕,俱,都。
⑫会言近止:综合卜筮的话,都说征夫已近。

　　孤零零的棠梨树,多又多的棠梨果。
　　公家差事没穷尽,还家日期拖又拖。
　　天气变得暖和了,妻子心里正悲伤,
　　行人应该闲下了。

　　孤零零的棠梨树,密又密的棠梨叶。
　　公家差事没完了,我的心里真悲凉。
　　千花万草都盛旺,妻子心里正悲伤,
　　行人应该回来了。

　　登上那边的北山,去把那些枸杞采。
　　公家差事没休止,让我爹娘常挂牵。
　　檀木车儿破破烂,四匹公马已疲乏,
　　行人应该不远啦。

　　那车儿久久没回来,我的心里真悲哀。
　　归期已过人未回,千忧百虑真难排。
　　各种方式占卜过,都说近期你会还,
　　行人应该到家了。

鸿　雁

　　这是一首使者承命安抚流民之歌。首章哀叹流民的无家可归;二章写安民之事;三章写流民不理解自己苦衷的烦恼。

原诗

鸿雁于飞①,肃肃其羽②。
之子于征③,劬劳于野④。
爰及矜人⑤,哀此鳏寡⑥。

鸿雁于飞,集于中泽⑦。
之子于垣⑧,百堵皆作⑨。
虽则劬劳,其究安宅⑩?

鸿雁于飞,哀鸣嗷嗷⑪。
维此哲人⑫,谓我劬劳。
维彼愚人,谓我宣骄⑬。

注释

①鸿雁:候鸟名,大的叫鸿,小的叫雁,通称鸿雁。
②肃肃:鸟儿拍打翅膀的声音。
③之子:此人,指服役者。 征:远行。
④劬(qú)劳:劳苦。
⑤矜人:穷苦的人。
⑥鳏(guān)寡:光棍和寡妇。鳏,老而无妻的人。寡,失夫的人。
⑦中泽:泽中。
⑧于垣(yuán):为垣,筑墙。于,为。
⑨堵:计算墙的单位。 作:建起。
⑩究:究竟。 安宅:何处居住。
⑪嗷嗷:哀鸣声。
⑫哲人:明智达理的人。
⑬宣骄:骄傲。

原意

雁儿飞呀飞,两翅沙沙响。
那人出门去,郊外苦尽尝。
这些受苦人,可怜鳏和寡。

雁儿飞呀飞,落在沼泽里。
那人去筑墙,百丈都筑起。

吃尽了辛苦,哪有安身地?

雁儿飞呀飞,嗷嗷悲鸣声。
这些明理人,知我真艰辛。
那些糊涂虫,说我不安分。

鹤　鸣

这首诗像一篇"小园赋",写的是小园风光。此诗可视为中国田园山水诗的先河。

鹤鸣于九皋①,声闻于野。
鱼潜在渊,或在于渚②。
乐彼之园,爰有树檀③,
其下维萚④。
他山之石,可以为错⑤。

鹤鸣于九皋,声闻于天。
鱼在于渚,或潜在渊。
乐彼之园,爰有树檀,
其下维榖⑥。
他山之石,可以攻玉。

①鹤:水鸟,古代多用来比喻高隐之士。　九皋(gāo):幽深曲折的水泽。
②渚:水中小洲。
③树檀:檀树。
④萚(tuò):落叶。
⑤错:通"厝",可以治玉的硬质石。
⑥榖(gǔ):树名,又叫楮(chǔ),树皮可以造纸。

鹤儿鸣叫在水泽里,声音响彻了旷野。
鱼儿藏在深水里,或者游在浅水里。

可喜的是那园子,檀树长得满满,
树下黄叶落满地。
其他山上的石儿,可以用它来攻玉。

鹤儿鸣叫在水泽里,声音弥漫到天际。
鱼儿游在浅水里,或者藏在深水里。
可喜的是那园子,檀树长得多多,
树下楮皮落满地。
其他山上的石儿,可以用它来琢玉。

白　驹

题解

这是一首留客怀人诗。前三章挽留客人,第四章望客惠赐音信。

原诗

皎皎白驹①,食我场苗。
絷之维之②,以永今朝。
所谓伊人,于焉逍遥。

皎皎白驹,食我场藿③。
絷之维之,以永今夕。
所谓伊人,于焉嘉宾。

皎皎白驹,贲然来思④。
尔公尔侯,逸豫无期⑤。
慎尔优游,勉尔遁思⑥。

皎皎白驹,在彼空谷。
生刍一束⑦,其人如玉。
毋金玉尔音⑧,而有遐心⑨。

注释

①皎皎：洁白有光泽的样子。
②絷(zhí)：绊，拴住马足。 维：系，拴住。
③场藿(huò)：牧场的豆苗。
④贲(bēn)然：奔然，马急驰的样子。
⑤逸豫：安乐。 无期：无穷极。
⑥勉尔遁思：劝他打消逃避的想法。勉，通"免"，劝止的意思。
⑦生刍(chú)：喂牲口的青草。
⑧金玉：用为动词，珍重爱惜。 音：音讯。
⑨遐心：远去的心。

诗意

　　白白的小马儿，吃我牧场的青苗。
　　拴住它啊系住它，度过欢乐的今朝。
　　那人儿呀那人儿，在这儿呀逍遥。

　　白白的小马儿，吃我牧场的豆苗。
　　拴住它啊系住它，度过欢乐的今宵。
　　那人儿呀那人儿，在这儿呀做客。

　　白白的小马儿，急驰着来到这里。
　　为公为侯真高贵，多么安逸无尽期。
　　不要过分悠闲，劝你不要轻易离去。

　　白白的小马儿，在那深山大谷中。
　　割下一捆青草，那人品格多美好。
　　别忘了给我把信捎，别有了疏远我的心。

黄　鸟

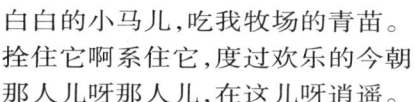

题解

这是一首异国怀乡诗。诗以驱黄鸟的咒语起兴，表现出对"此邦之人"的仇恨。

原诗

　　黄鸟黄鸟①，无集于榖②，
　　无啄我粟③。

此邦之人,不我肯穀④。
言旋言归⑤,复我邦族⑥。

黄鸟黄鸟,无集于桑,
无啄我粱。
此邦之人,不可与明⑦。
言旋言归,复我诸兄⑧。

黄鸟黄鸟,无集于栩⑨,
无啄我黍⑩。
此邦之人,不可与处⑪。
言旋言归,复我诸父⑫。

①黄鸟:黄雀。喜吃粮食,于农业危害较大。
②穀(gǔ):楮树。
③粟:谷子,去糠后叫"小米"。
④不我肯穀:不肯穀我,不肯善待我。穀,善待。
⑤言旋言归:即还归。言,语助词,相当于"乃"。旋,还。
⑥复我邦族:返回我的邦国家族。复,返回。
⑦明:通"盟",这里指信用,结盟的意思。
⑧诸兄:邦族中诸位同辈。
⑨栩(xǔ):橡树。
⑩黍:黍子,去皮后叫黄米。
⑪与处:共处、相处。
⑫诸父:族中长辈即伯、叔的总称。

黄鸟呀黄鸟,不要聚在楮树上。
不要啄光我的粟米。
这个地方的人呀,不肯把我养。
回去呀,回去呀,回到我的家乡。

黄鸟呀黄鸟,不要聚在桑树上,
不要啄光我的高粱。
这个地方的人呀,不把道理讲。

回去呀,回去呀,回到哥哥身旁。

黄鸟呀黄鸟,不要聚在橡树上。
不要啄光我的黍米。
这个地方的人呀,相处不能长。
回去呀,回去呀,回到长辈身旁。

无 羊

题解

这是一篇贺王室畜牧蕃盛的诗。诗篇善于状物,可谓"诗中有画"。

原诗

谁谓尔无羊?三百维群①。
谁谓尔无牛?九十其犉②。
尔羊来思,其角濈濈③。
尔牛来思,其耳湿湿④。

或降于阿⑤,或饮于池。
或寝或讹⑥,尔牧来思⑦。
何蓑何笠⑧,或负其餱⑨。
三十维物⑩,尔牲则具⑪。

尔牧来思,以薪以蒸⑫,
以雌以雄。尔羊来思,
矜矜兢兢⑬,不骞不崩⑭。
麾之以肱⑮,毕来既升⑯。

牧人乃梦,众维鱼矣⑰,
旐维旟矣⑱。大人占之:
众维鱼矣,实维丰年。
旐维旟矣,室家溱溱⑲。

①三百维群:三百只羊为一群。维,为。
②犉(chún):黄牛黑唇叫犉。一说高七尺的牛。
③濈濈(jí):羊角聚集的样子。
④湿湿:牛耳扇动的样子。
⑤或降于阿:有的下了山坡。或,有的。
⑥讹(é):动。
⑦牧:牧人。
⑧何蓑何笠:披戴着蓑衣与斗笠。何,通"荷",本义是担负,引申为披戴。
⑨糇(hóu):干粮。
⑩三十维物:牲畜毛色多种多样。物,指杂色牛。
⑪尔牲则具:指牲畜很多,足够用于各种祭祀。具,具备。
⑫以:用。 薪、蒸:都是烧柴,粗的叫薪,细的叫蒸。
⑬矜矜兢兢:形容羊群拥拥挤挤、恐怕失群的样子。
⑭不骞(qiān)不崩:羊驯谨相随,没有走失的担忧。骞,亏损,指羊零星走失。崩,指羊群惊散。
⑮麾(huī)之以肱(gōng):用手臂指挥羊群。麾,通"挥",挥动。肱,手臂。
⑯毕来既升:全都乖乖上山。毕,全。既,尽。
⑰众:蝗虫。
⑱旐(zhào):画有龟蛇的旗。 旟(yú):画有鹰隼的旗。
⑲溱溱(zhēn):通"蓁蓁",昌盛的样子。

谁说你没有羊?一群就有三百零。
谁说你没有牛?高大的就有九十头。
你的羊群走来了,尖尖的角儿密集集。
你的牛群走来了,耳朵闪闪摇不已。

有的跳着下山坡,有的池中去喝水。
有的游戏有的睡,你的牧人走来了。
身披蓑衣顶斗笠,或把干粮背在背。
牛羊毛色三十种,何愁牲祭不齐备。

你的牧人走来了,粗草嫩草和着喂。
又把雌雄来交配。你的羊群走来了,
拥拥挤挤往前赶,不撒野来不乱窜。
牧人举臂一招手,齐都乖乖进了牢。

牧官做梦好稀奇,梦中见到大群鱼,

还有一面鹰隼旗。圆梦先生说凶吉:
梦中见到大群鱼,来年丰收可预期!
梦见一面鹰隼旗,添子增孙毫无疑。

节南山

题解

这是一首讽刺执政大臣尹氏任用小人之诗。当作于平王东迁之后。

原诗

节彼南山①,维石岩岩②。
赫赫师尹③,民具尔瞻④。
忧心如惔⑤,不敢戏谈。
国既卒斩⑥,何用不监⑦!

节彼南山,有实其猗⑧。
赫赫师尹,不平谓何⑨?
天方荐瘥⑩,丧乱弘多⑪。
民言无嘉⑫,憯莫惩嗟⑬!

尹氏太师,维周之氐⑭。
秉国之均⑮,四方是维⑯。
天子是毗⑰,俾民不迷⑱。
不吊昊天⑲,不宜空我师⑳。

弗躬弗亲㉑,庶民弗信㉒。
弗问弗仕㉓,勿罔君子㉔。
式夷式已㉕,无小人殆㉖。
琐琐姻亚㉗,则无膴仕㉘。

昊天不佣㉙,降此鞠訩㉚。
昊天不惠㉛,降此大戾㉜。

君子如届㉝,俾民心阕㉞。
君子如夷㉟,恶怒是违㊱。

不吊昊天,乱靡有定㊲。
式月斯生㊳,俾民不宁。
忧心如酲㊴,谁秉国成㊵?
不自为政,卒劳百姓㊶。

驾彼四牡,四牡项领。
我瞻四方,蹙蹙靡所骋㊷。

方茂尔恶㊸,相尔矛矣㊹。
既夷既怿㊺,如相酬矣㊻。

昊天不平,我王不宁。
不惩其心㊼,覆怨其正㊽。

家父作诵㊾,以究王讻㊿。
式讹尔心[51],以畜万邦[52]。

①节:山高峻的样子。 南山:终南山。
②岩岩:山石堆积的样子。
③赫赫:显赫的样子,这里指尹氏地位显耀、气势盛大。 师尹:尹姓的太师。
④民具尔瞻:民众都看着你。具,通"俱",都。瞻,看。
⑤惔(tán):焚烧。
⑥国既卒斩:国家已经完蛋。国,指西周王朝。一说国运。既,已经。卒,尽。斩,断绝。
⑦何用:为什么。 监:通"鉴",引以为戒。
⑧有实其猗:广大的山坡。实,广大的样子。猗(é),通"阿",山坡。
⑨不平谓何:为什么不公正。
⑩天方荐瘥:上天正屡屡降灾。荐,屡次。瘥(cuó),病,这里指灾难。
⑪丧乱弘多:死亡乱离之事特别多。弘,大,特别。
⑫嘉:善。这句是说民众对尹氏评价不好。
⑬憯(cǎn)莫惩嗟:国家已到了这个地步,尹氏怎还不知警戒。憯,曾,何。惩,警戒。嗟,语助词。

⑭氐(dǐ):通“柢”,根柢,根本。
⑮秉国之均:掌握国家大权。均,通“钧”,权。
⑯维:维系,指四方国家都靠尹氏维系。
⑰毗(pí):辅佐。
⑱俾民不迷:使民众不迷惑。俾,使。
⑲不吊:不淑,不善。　昊天:皇天。
⑳不宜空我师:不应使我们困穷。空,困穷。师,民众。
㉑弗躬弗亲:不亲自料理政事。躬亲,亲自。
㉒弗信:不信从。
㉓问:咨询。　仕:审察。
㉔勿罔:不要欺骗。罔,欺罔,欺骗。
㉕式:乃。　夷:平息。　已:停止。
㉖殆:危殆。
㉗琐琐:卑微浅薄的样子。　姻亚:裙带关系。姻,儿女亲家。亚,连襟。
㉘朊(wǔ)仕:高官厚禄。朊,厚。仕,事,指官职。
㉙佣:公平。
㉚鞠讻(xiōng):极大的灾凶。鞠,穷,极。讻,通“凶”,灾凶。
㉛不惠:不仁。
㉜大戾:灾难。戾,乖违,不协调。
㉝届:到。
㉞阕:息,平息怨怒之气。
㉟夷:平,指为政公正。
㊱违:消除。
㊲靡:无。
㊳式月斯生:祸乱每个月都有发生。式,语助词。斯,是。
㊴忧心如酲(chéng):特别忧愁,不能解除。酲,酒醉不醒。
㊵国成:国家政权。
㊶卒:终。
㊷蹙蹙(cù):局促不伸的样子。　骋:驰骋。
㊸方:正。　茂:盛。　恶:憎恶。
㊹相:看。　矛:长矛。
㊺夷:平,指心平气和。　怿(yì):喜悦。
㊻如相酬矣:相互进酒言欢。
㊼惩:止,改。
㊽覆怨其正:不改正自己的错误,反怨恨别人对他的正确劝谏。
㊾家父:周大夫名。　诵:诗歌。
㊿究:追究。　讻:不好的行为。
(51)讹:改变。
(52)畜:养,安抚。

高峻的南山，岩石积满山上。
显赫的尹太师，人们都在巴望你。
心里愁得像火燎，不敢随便地嬉笑。
国运已经一团糟，为何没有觉察到？

高峻的南山，草木长满山坡。
显赫的尹太师，你不公平为的什么？
老天反复降灾祸，死亡离乱多又多。
民众对你没好评，你却从不自惩戒。

姓尹的太师，你是国家的根柢。
掌握国家的政权，四方靠你来维系。
君王靠你来辅助，百姓靠你来指教。
不仁慈的老天爷，不要让民众受困穷！

政事你不出面料理，民众哪能相信你。
你不下访不审察，不要把君王欺骗。
坏事要纠正要制止，不要让小人危害。
卑微浅薄的亲戚，不要给他加恩宠。

老天爷呀不公平，把这大祸来降临。
老天爷呀不仁慈，把这大难来降临。
君主如若来执政，人心愤愤一定平。
君主没啥不公平，民众怨怒能消清。

老天爷呀不仁慈，动乱一直不停止。
乱事月月要发生，民众哪能得安宁。
忧心沉沉如酒醉，掌政权的是阿谁？
自己不肯亲理政，害苦天下老百姓。

驾起四匹大公马，马儿引颈不得驰骋。
我放眼四下观望，局促得没有去的地方。

你们正在拼命憎恶，恨不得动刀刃。
怒气已消又变快乐，相互劝酒开始言欢。

老天爷啊不太平,我们君王不安宁。
他的心偏不清醒,反怨恨人家去纠正。

家父作了这首诗,揭示王室凶与恶。
你要改变你心肠,安抚万邦保久长。

巷 伯

题解 这是寺人孟子伤于谗毁而做诗以抒发内心的怨愤。诗中大声疾呼,给谗者以诅咒。

原诗

萋兮斐兮①,成是贝锦②。
彼谮人者③,亦已大甚。

哆兮侈兮④,成是南箕⑤。
彼谮人者,谁适与谋⑥?

缉缉翩翩⑦,谋欲谮人⑧。
慎尔言也⑨,谓尔不信⑩。

捷捷幡幡⑪,谋欲谮言。
岂不尔受⑫?既其女迁⑬。

骄人好好⑭,劳人草草⑮。
苍天苍天,视彼骄人,
矜此劳人⑯。

彼谮人者,谁适与谋?
取彼谮人,投畀豺虎⑰。
豺虎不食,投畀有北⑱。
有北不受,投畀有昊⑲。

杨园之道⑳,猗于亩丘㉑。
寺人孟子㉒,作为此诗。
凡百君子㉓,敬而听之㉔。

①萋斐(fěi):花纹相错的样子。
②贝锦:贝形花纹的锦缎。
③谮(zèn)人:进谗言说坏话的人。
④哆(chǐ):大的样子。
⑤南箕:星宿名,共四星组成,像簸箕张口的形状。古人迷信,以为箕星主口舌是非,所以用它喻谗者。
⑥谁适与谋:谁去与他共谋。适,往。谋,谋议、策划。
⑦缉缉翩翩:形容谗人交谗的样子。
⑧谋欲谮人:阴谋企图害别人。欲,企图。
⑨慎:谨慎。
⑩信:信实。
⑪捷捷幡幡(fān):与"缉缉翩翩"同义。
⑫受:受其谗言诬陷。
⑬既其女迁:终于迁祸于谗言者自身。女,汝。
⑭骄人:骄横之人,指谗者。 好好:小人得志的样子。
⑮劳人:忧人。 草草:烦忧的样子。
⑯矜:哀悯。
⑰投:投掷,丢弃。 畀(bì):给予。 豺:狼属,体较狼小,是一种凶残之兽。
⑱有北:北方荒漠不毛之地。有,用于名词前的语助词,无实义。
⑲有昊(hào):昊天。
⑳杨园:园名。
㉑猗(yǐ):加、依、靠着。 亩丘:丘名。
㉒寺人:古代宫中侍御小臣。 孟子:寺人之名,即本诗作者。
㉓凡百君子:所有的执政者。凡,所有、一切。
㉔敬:通"儆",警惕戒慎。

条条花纹多鲜明,织成贝纹锦。
那个造谣生事的人,他的心肠实在狠!

张开嘴啊咧开唇,成了南天簸箕星。

那个造谣生事的人,是谁给他出主意?

叽叽呱呱说谎话,想出办法害人家。
劝你说话要慎重,终究没人再相信。

叽叽喳喳说假话,想出办法把人诳。
哪能没人上你的当?只怕到头害自家。

骄横人得意忘形,劳苦人忧虑在心。
老天爷呀老天爷,看看那些骄横人,
可怜这些劳苦人。

那个造谣生事的人,是谁给他出主意?
抓住那个坏东西,扔给豺虎填肚皮。
豺虎不肯咽,扔到北方不毛地。
北方不肯要,送给老天去发落。

杨园的那条道路,依在亩丘上。
我是阉人叫孟子,写下了这篇诗歌。
所有的统治者,听了一定要慎戒啊。

蓼 莪

题解

这是一首孝子感伤不得终养双亲的诗篇。诗中字字是泪,至情至性,感人至深。

原诗

蓼蓼者莪①,匪莪伊蒿②。
哀哀父母,生我劬劳③。

蓼蓼者莪,匪莪伊蔚④。
哀哀父母,生我劳瘁⑤。

瓶之罄矣⑥!维罍之耻⑦。
鲜民之生⑧,不如死之久矣!

无父何怙⑨？无母何恃⑩！
出则衔恤⑪，入则靡至⑫。

父兮生我，母兮鞠我⑬。
拊我畜我⑭，长我育我⑮，
顾我复我⑯，出入腹我⑰。
欲报之德⑱，昊天罔极⑲。

南山烈烈⑳，飘风发发㉑。
民莫不穀，我独何害？

南山律律㉒，飘风弗弗㉓。
民莫不穀，我独不卒㉔。

①蓼(lù)：高大的样子。　莪(é)：萝蒿，又名莪蒿，抱娘蒿。
②伊：是。
③劬(qú)劳：辛勤劳苦。
④蔚(wèi)：草名，又名马新蒿，牡蒿。
⑤瘁：劳累，困病。
⑥罄(qìng)：空。
⑦罍(léi)：一种口小腹大的盛酒器。
⑧鲜民：寡民、穷独之民。
⑨怙(hù)：依靠。
⑩恃：依靠。
⑪出：出门、外出。　衔恤：含忧。恤，忧。
⑫入：回家。　靡至：没有亲人。至，亲。一说无所归依。
⑬鞠：养育。
⑭拊(fǔ)：抚，抚爱。　畜：养育。
⑮长：养育使长大。　育：教育。
⑯顾：看护、照料。　复：通"覆"，庇护。
⑰出入腹我：出来进去怀抱我。
⑱欲报之德：想报答父母的大德。
⑲罔极：没有尽头。
⑳烈烈：山高峻险阻的样子。

㉑飘风:暴起的疾风。 发发:疾风的声音。
㉒律律:山势突起的样子。 律,通"峍"。
㉓弗弗:疾风的声音。
㉔不卒:不得终养父母。卒,终,终养。

  高高的抱娘蒿,"抱娘"变成了蓬蒿。
  可怜我的父母,养育我受尽辛劳。

  高高的抱娘蒿,"抱娘"变成了牡蒿。
  可怜我的父母,养育我受尽煎熬。

  小瓶子空空无物,见大缸更觉羞辱。
  我这个孤子活着,真不如早些死去。
  没有父亲依靠谁?没有母亲谁养抚?
  出门满腹忧愁,回来没有归宿。

  父亲呀生我,母亲呀养我。
  抚爱我,保护我,培养我,教育我,
  看顾我,庇护我,出来进去怀抱我。
  该报的大恩,像天一样广阔。

  南山峨峨巍巍,大风呼呼劲吹。
  人人都很太平,我独遇到灾星。

  南山峰峦高耸,大风发出吼声。
  人们都无不幸,唯我不能送终。

北　山

  这是一首怨刺劳逸不均之作。作者为一个小官员,他整天为王室奔走,无暇顾家,而又无可奈何,故而发出这不平的呼声。

    陟彼北山,言采其杞①。
    偕偕士子②,朝夕从事③。

王事靡盬④,忧我父母。

溥天之下⑤,莫非王土。
率土之滨⑥,莫非王臣。
大夫不均⑦,我从事独贤⑧。

四牡彭彭⑨,王事傍傍⑩。
嘉我未老⑪,鲜我方将⑫。
旅力方刚⑬,经营四方⑭。

或燕燕居息⑮,或尽瘁事国⑯。
或息偃在床⑰,或不已于行⑱。

或不知叫号⑲,或惨惨劬劳⑳。
或栖迟偃仰㉑,或王事鞅掌㉒。

或湛乐饮酒㉓,或惨惨畏咎㉔。
或出入风议㉕,或靡事不为㉖。

①杞:枸杞。
②偕偕:强壮的样子。　士子:下级官吏,这里是作者自称。
③朝夕从事:从早到晚忙碌。
④王事靡盬:王国之事没有休止。靡,没有。盬(gǔ),休止。
⑤溥(pǔ)天之下:遍天之下。溥,通"普"。
⑥率:自。　滨:水边。
⑦不均:不公平。
⑧贤:劳。
⑨彭彭:马行走不得休止的样子。
⑩傍傍:从事工作不得休息的样子。
⑪嘉:嘉许,称赞。
⑫鲜:称许。　方将:正强壮之时。方,正。将,壮。
⑬旅力方刚:气力正强壮。旅,通"膂",指体力、筋力。
⑭经营:奔走劳作。
⑮或:有的人。　燕燕:安闲的样子。　居息:在私处休息。

⑯瘁:劳苦。
⑰偃(yǎn):卧。
⑱不已于行:奔走不停。行,道路,一说行走。
⑲叫号:这里指人间呼叫号哭之苦。
⑳惨惨:忧愁不安的样子。 劬(qú):劳苦。
㉑栖迟:栖息游乐。 偃:仰卧。
㉒鞅(yāng)掌:奔波忙碌的样子。
㉓湛(dān)乐:欢乐。一说过度享乐。
㉔畏咎:怕犯错误。咎,罪。
㉕风议:横发议论。风,放。议,议论。
㉖靡事不为:无事不做。

　　登上那北山,去把枸杞采。
　　强壮的小吏,从早到晚都当差。
　　王国之事没休止,劳我父母为担忧。

　　普天之下,哪里不是王的国土。
　　四海之内,有谁不是王的臣仆。
　　执政大夫不公平,让我独自劳苦。

　　四匹公马多匆忙,王室差事好紧张。
　　夸奖我还未老,称许我正强壮。
　　因为气力方刚,驱遣我奔走四方。

　　有的人安逸休息,有的人为国尽力;
　　有的人高卧在床,有的人长期奔忙。

　　有的人不懂得叫号,有的人苦苦地操劳;
　　有的人悠闲从容,有的人忙碌不停。

　　有的人沉迷饮宴,有的人畏罪不安;
　　有的人高谈阔论,有的人事事躬亲。

大　田

　　这首诗写了从春耕到秋收以及祭祀的全过程。事琐细,情闲淡,娓娓诉来,道出一派田家乐趣。

原诗

大田多稼①，既种既戒②，
既备乃事③。以我覃耜④，
俶载南亩⑤，播厥百谷。
既庭且硕⑥，曾孙是若⑦。

既方既皂⑧，既坚既好⑨，
不稂不莠⑩。去其螟螣⑪，
及其蟊贼⑫，无害我田稚⑬。
田祖有神⑭，秉畀炎火⑮。

有渰萋萋⑯，兴雨祁祁⑰。
雨我公田，遂及我私⑱。
彼有不获稚⑲，此有不敛穧⑳。
彼有遗秉㉑，此有滞穗㉒，
伊寡妇之利㉓。

曾孙来止㉔，以其妇子。
馌彼南亩㉕，田畯至喜㉖。
来方禋祀㉗，以其骍黑㉘，
与其黍稷㉙。
以享以祀，以介景福㉚。

注释

①大田：公田。
②既种既戒：已经选好种子，修好农具。种，选种子。戒，通"械"，用作动词，修具。
③备：完备。 乃事：这些事，指上述工作。
④覃耜（yǎnsì）：锐利的犁头。覃，通"剡"，锐利。耜，犁头。
⑤俶（chù）：开始。 载：从事。
⑥庭：通"挺"，挺直，直生。 硕：大，肥壮。
⑦曾孙：这里指周王。 若：顺。

⑧方:通"房",指谷穗始生,籽粒外苞尚未合拢。 皂(zǎo):指籽粒初生,尚未坚实。
⑨既坚既好:指籽粒坚实饱满,色味俱好。
⑩稂(láng):谷中有穗而不结实的。 莠(yǒu):似谷的野草,又名狗尾草。
⑪螟:吃禾心的害虫。 螣(tè):吃叶的害虫,又名蝗虫。
⑫蟊(máo)贼:吃禾根的害虫,又名蝼蛄。
⑬田稚:田苗。稚,幼禾。
⑭有神:有灵。
⑮秉:拿。 畀(bì):给予。 炎火:烈火。
⑯有渰(yǎn):云兴起的样子。 萋萋:阴云密布的样子。
⑰祁祁:云盛的样子。
⑱遂:遍。 私:私田。
⑲不获稚:没有收割的尚未成熟的谷禾。稚,末熟之禾。
⑳不敛穧(jì):已割倒还没有来得及收起的庄稼。
㉑遗秉:漏掉的禾束。秉,把,指带秸秆的禾谷。
㉒滞穗:丢到地里的禾穗。穗,禾穗,指不带秸秆的禾谷。
㉓利:好处。
㉔曾孙来止:指周王亲临。
㉕馌(yè):送饭。
㉖田畯:田官。
㉗来方禋(yīn)祀:到来方举行祭上帝之礼。来,到来,一说语词,无实义。方,正在。一说祭名。禋,祭祀上帝的祭礼。
㉘骍(xīn)黑:赤黄色与黑色的牺牲物,牛羊猪之类。
㉙与:加上。
㉚景福:大福。

　　公田里种这种那,选了种子修了农具,
　　这些事务都齐备。用我锋利的犁头,
　　开始耕那南边的田地,
　　播下庄稼好多样。
　　棵棵长得直又壮,顺了周王的愿望。

　　庄稼发出了芽苞,长得坚实又完好,
　　没有稂草和莠草。
　　除掉吃心的螟吃叶的螣,
　　还有食心的贼吃根的蟊,
　　不要害我田中的禾苗。
　　田祖有神灵啊,把这些害虫统统烧掉。

浓浓地乌云密布,啪啪地大雨落下。
雨水落到公田里,我的私田也沾到。
那里有弃掉的青稞,这里有不要的束禾。
那里有丢掉的谷捆,这里有遗漏的禾穗,
全是寡妇的福气。

周王来到这里,带着妻子孩子。
送饭送到田里,田官看到很欢喜。
周王祭祀上苍,祭品有黑有黄。
加上黍米和高粱。
统统来献上,得到的福气不可估量。

采　　绿

题解

这是妇人思夫过期未归的诗作。其中诉闺情摇曳旖旎,有无限神韵。

原诗

终朝采绿①,不盈一匊②。
予发曲局③,薄言归沐④。

终朝采蓝⑤,不盈一襜⑥。
五日为期,六日不詹⑦。

之子于狩,言韔其弓⑧。
之子于钓,言纶之绳⑨。

其钓维何⑩? 维鲂及鱮⑪。
维鲂及鱮,薄言观者⑫。

①绿:草名,又名王刍。
②匊(jū):即掬,捧。
③曲局:卷曲。
④归沐:回家洗发。沐,洗发。

⑤蓝:草名,又名蓼蓝。
⑥襜(chān):围裙、护裙。
⑦詹(zhān):到。
⑧韔(chàng):弓袋。
⑨纶:钓丝,这里用作动词,整理丝绳。
⑩维何:是何。维,是。
⑪鲂(fáng):鳊鱼。 鲟(xù):鲢鱼。
⑫观者:当为爟煮,即举火烹煮之意。

整个早上采王刍,总是不满两只手。
我的头发卷又曲,我要回去洗洗头。

整个早上采蓼蓝,兜在前襟还不满。
相约五日就见面,过到六天不见还。

如果他呀去打猎,我来为他收弓箭。
如果他呀去钓鱼,我来为他理丝线。

钓鱼钓到什么鱼? 大头鲢与缩颈鳊。
大头鲢与缩颈鳊,举火烹煮我不厌。

隰 桑

这首诗写出了男女相见之喜。前三章乐其相见,有形容不出的光景;末章道爱之诚,情之真。

隰桑有阿①,其叶有难②。
既见君子,其乐如何!

隰桑有阿,其叶有沃③。
既见君子,云何不乐!

隰桑有阿,其叶有幽④。

既见君子,德音孔胶⑤。

心乎爱矣,遐不谓矣⑥?
中心藏之⑦,何日忘之?

①隰(xí)桑:生长在低湿之地的桑树。 阿:通"婀",枝条柔美的样子。
②难(nuó):通"傩",茂盛的样子。
③沃(wò):柔嫩肥润的样子。
④幽:通"黝",色青而近黑色。
⑤胶:坚固。
⑥遐:远。
⑦藏(zāng):通"臧",善、爱。

洼地青桑多婀娜,叶子密密多茂盛。
既已见到君子你,心中欢喜一阵阵。

洼地青桑多婀娜,叶子青青有光泽。
既已见到君子你,叫我如何不欢乐。

洼地青桑多婀娜,叶子一色青黝黝。
既已见到君子你,柔情蜜意岂能休?

心中爱意千百倍,远行啊不能相会。
不思量也爱心底,哪一日能够忘记?

何草不黄

这是一首征夫怨诉之歌。一章怨征伐不息;二章怨苦难人生;三章以兕虎行于旷野,衬托征夫奔波不已;四章以狐行幽草,衬托征夫奔于周道。

何草不黄①! 何日不行②!
何人不将! 经营四方③!

何草不玄④！何人不矜⑤！
哀我征夫，独为匪民⑥！

匪兕匪虎⑦，率彼旷野⑧。
哀我征夫，朝夕不暇⑨。

有芃者狐⑩，率彼幽草⑪。
有栈之车⑫，行彼周道。

①黄：枯草，草衰之色。
②行：行役。
③经营：往来，这里指奔走四方。
④玄：黑，草枯烂之色。
⑤矜：通"鳏"，没有妻子。
⑥独：岂，难道。 匪民：非人，不是人。
⑦匪：彼。一说读"非"，不是。 兕（sì）：犀牛。
⑧率：循，沿着。 旷野：空旷的荒野。
⑨暇：闲暇。
⑩芃（péng）：众草丛生的样子，这里形容狐狸的尾巴蓬松。
⑪幽草：草丛深处。幽，幽深。
⑫有栈：栈栈，形容栈车竹木杂编的样子。栈车是竹木编制成的车，为行役者所使。

什么草能不枯萎！什么日子不奔忙！
什么人能不当差！辛苦奔波走四方！

什么草不腐烂！什么人不打光棍！
可怜我们士兵，难道偏偏做人难！

那犀牛呀那老虎，整天奔跑在旷野。
哀叹我们这些人，早晚到头不停歇。

狐狸尾巴多蓬松，躲在那边青草丛。
高高兵车行匆匆，走在那边大道中。

◎大 雅

绵

题解

这是一篇太王（即古公亶父）小传，讲述的是太王率领周族，逃避犬戎追逼、安居周原、振兴周族的历史。

原诗

绵绵瓜瓞①，民之初生，
自土沮漆②。古公亶父③，
陶复陶穴④，未有家室⑤。

古公亶父，来朝走马⑥，
率西水浒⑦，至于岐下⑧。
爰及姜女⑨，聿来胥宇⑩。

周原膴膴⑪，堇荼如饴⑫。
爰始爰谋⑬，爰契我龟⑭。
曰止曰时⑮，筑室于兹⑯。

乃慰乃止⑰，乃左乃右⑱。
乃疆乃理⑲，乃宣乃亩⑳。
自西徂东㉑，周爰执事㉒。

乃召司空㉓，乃召司徒㉔，
俾立室家㉕。其绳则直㉖，
缩版以载㉗，作庙翼翼㉘。

捄之陾陾㉙，度之薨薨㉚。
筑之登登㉛，削屡冯冯㉜。
百堵皆兴㉝，鼛鼓弗胜㉞。

乃立皋门㉟，皋门有伉㊱。
乃立应门㊲，应门将将㊳。
乃立冢土㊴，戎丑攸行㊵。

肆不殄厥愠㊶，亦不陨厥问㊷。
柞棫拔矣㊸，行道兑矣㊹。
混夷駾矣㊺，维其喙矣㊻。

虞芮质厥成㊼，文王蹶厥生㊽。
予曰有疏附㊾，予曰有先后㊿。
予曰有奔奏(51)，予曰有御侮(52)。

注释

①绵绵：绵延不绝的样子。　瓞（dié）：小瓜。

②自：始。　土：居。　沮漆：均为水名。今之漆水河。

③古公亶（dǎn）父：即太王，王季之父，文王之祖。

④陶：通“掏”，掘土。　复，通“寝”，古代的一种窑洞。　穴：穴窟。

⑤家室：指固定的家。一说宫室房屋。

⑥来朝：来周，来到周原。

⑦率：循、沿着。　水浒（hǔ）：水边。

⑧岐下：岐山之下，即周原。岐山，在今陕西省岐山县东北。

⑨爰：乃，于是。一说语首助词。　姜女：姜氏之女。即太王之妻，也称太姜。

⑩聿：语助词。　胥宇：相宅。胥，察看。宇，居住。

⑪朊朊（wǔ）：土地肥沃的样子。

⑫堇（jǐn）荼（tú）如饴（yí）：这里是说此地土地肥沃，长出的苦菜，味也甘美。堇，又名堇葵，味苦。荼，苦菜。饴，麦芽糖。

⑬始、谋：谋划。

⑭契（qì）龟：用龟占卜。

⑮曰止曰时：曰止时，是说止于此。时，是。这是龟兆所显示的意思。

⑯兹：此。

⑰慰：安心。止：居住。

⑱左右：分左右居住。

⑲疆:划定地界。 理:整理农田。
⑳宣:疏导沟洫。 亩:整治田垄。
㉑自西徂东:从西到东。徂,往。
㉒周爰执事:这句是说为建立新居,到处都在忙碌着。周,普遍。爰,语助词。执事,执行其事。
㉓司空:掌管工程建筑的官。
㉔司徒:掌管徒役的官。
㉕俾:使。 室家:宫室房舍。
㉖绳:绳墨,准绳。
㉗缩:束。 版:筑墙时两头挡土的墙板。 载:承载,指向夹板中填土。
㉘作:造。 翼翼:严正的样子。
㉙捄(jū):聚土和盛土的动作。 陾(réng):铲土声。
㉚度:填。 薨薨(hōng):填土声。
㉛筑:用杵捣土使之坚固。 登登:筑土声。
㉜削屡:削平墙上隆高之处。 冯冯(píng):削墙声。
㉝兴:建成。
㉞鼛(gāo)鼓:大鼓名,长一丈二尺。工地用于鼓舞士气。 弗胜:沸腾,形容工地鼓声震荡。
㉟皋(gāo)门:王都的郭门。皋,即高。郭门高大,所以叫"皋门"。
㊱伉(kàng):高大的样子。
㊲应门:王宫的正门。
㊳将将:严正的样子。
㊴冢(zhǒng)土:大社。冢,大。土,通"社",祭土地神的地方。
㊵戎丑:指所获的戎狄俘虏。 攸:乃。 行(háng):陈列。
㊶肆:语助词。 不殄(tiǎn):不绝。 愠(yùn):怒,一说礼祀上帝。
㊷陨(yǔn):丧失。 问:通"闻",指声誉。
㊸柞(zuò):柞树,橡树中的一种。 棫(yù):丛生有刺的小树。 拔:除净。
㊹行(háng)道:道路。 兑:开通。
㊺混夷:又名昆夷、畎夷、犬夷、犬戎,是古代西北部的一个少数民族。 駾(tuì):奔突。
㊻喙(huì):困顿的样子。
㊼虞芮(yú ruì):古代二国名。 质:正,评断。 成:平。
㊽蹶:崛起。 生:起。
㊾予:我们,周人自谓。 曰:语助词。 疏附:相归附。
㊿先后:指在王前后左右辅佐导引之。
㈤奔奏:奔走,指为王奔走呼号之。
㈥御侮:指抵御外侮。

像瓜藤一样绵延!
我们民族从死里逃生,居住在沮漆岸边。
我们的太王亶父,住在那土窑土窟,
没有家,没有屋。

古公亶父，骑着马来周地视察。
沿着西面的水边，到了这岐山脚下。
偕同着妻子姜女，一起来筹划住地。

周原的土地肥美无双，连苦菜也甜如蜜糖。
于是开始谋算计划，又用龟契进行了占卜。
说是可居，说是适宜，就在这里建起房屋。

于是安下基础，于是区分左右，
于是分疆正界，于是开沟定亩。
从西到东，全部一起动工。

于是召来掌工程的司空，
于是召来管人夫的司徒，
让尽快建起房屋，拉直定线的准绳。
夹好筑墙的木板，建起堂皇的庙宇。

"仍仍"地铲土，"忽忽"地投土，
"登登"地筑墙，"拍拍"地削平。
上百堵墙同时筑起，
大鼓的声音如水沸腾。

于是立起外部的皋门，皋门宽大高亢；
于是立起王宫的应门，应门严正端庄。
于是立起大社，杀俘虏进行祭奠。

我们的祭祀没中断，我们的声名没损伤。
杂木拔掉了，道路开通了，
犬戎疲困了，只好滚蛋了。

虞、芮二国来求结盟，文王由此蹶然兴盛。
我们有了邻国藩属，我们有了左右弼辅，
我们有了四方奔走之臣，
我们有了冲锋御侮的贤人。

生 民

题解

这是一篇记述周人始祖后稷发迹的神话史诗。诗中叙述了后稷从其母受孕到出生、发家的全过程。

原詩

厥初生民①,时维姜嫄②。
生民如何？克禋克祀③,
以弗无子④。履帝武敏歆⑤,
攸介攸止⑥,载震载夙⑦,
载生载育,时维后稷⑧。

诞弥厥月⑨,先生如达⑩。
不坼不副⑪,无菑无害⑫。
以赫厥灵⑬,上帝不宁⑭。
不康禋祀⑮,居然生子⑯。

诞置之隘巷⑰,牛羊腓字之⑱。
诞置之平林⑲,会伐平林。
诞置之寒冰,鸟覆翼之⑳。
鸟乃去矣,后稷呱矣㉑。
实覃实订㉒,厥声载路㉓。

诞实匍匐㉔,克岐克嶷㉕,
以就口食㉖。艺之荏菽㉗,
荏菽旆旆㉘,禾役穟穟㉙,
麻麦幪幪㉚,瓜瓞唪唪㉛。

诞后稷之穑㉜,有相之道㉝。
茀厥丰草㉞,种之黄茂㉟。

实方实苞㊱,实种实褎㊲。
实发实秀㊳,实坚实好㊴,
实颖实栗㊵。即有邰家室㊶。

诞降嘉种㊷,维秬维秠㊸,
维穈维芑㊹。恒之秬秠㊺,
是获是亩㊻。恒之穈芑,
是任是负。以归肇祀㊼。

诞我祀如何?或舂或揄㊽。
或簸或蹂㊾,释之叟叟㊿。
烝之浮浮[51]。载谋载惟[52]。
取萧祭脂[53],取羝以軷[54]。
载燔载烈[55],以兴嗣岁[56]。

卬盛于豆[57],于豆于登[58]。
其香始升,上帝居歆[59]。
胡臭亶时[60]?后稷肇祀,
庶无罪悔[61],以迄于今[62]。

①厥初:其初,当初。 生民:指周族人民。
②时维:此为。时,是,此。维,为,是。 姜嫄(yuán):也作姜原,传说中周人的女始祖,后稷之母。
③克:能够。 禋(yīn)祀:古代对上帝的祭祀。
④弗:免。
⑤履:践踏。 帝武敏:上帝的脚印。武,足迹。敏,脚拇指。 歆(xīn):欢喜。
⑥介:休息。 止:止息。
⑦载:乃,则。 震:通"娠",怀孕。 夙:通"孕",怀孕。
⑧后稷:周人始祖。后稷为官名。
⑨诞(dàn):发语词,相当于"当"。 弥:满,指姜嫄怀孕十月期满。
⑩先生:初生,刚生下时。 达:通"羍"。
⑪不坼(chè)不副(fù):劈裂不开。坼,开。副,剖分。
⑫菑(zāi):通"灾",灾难。
⑬赫:显示。 灵:灵异。

⑭宁:安。

⑮康:安。

⑯居然:竟然,无故而然。

⑰置:弃置。 隘(ài)巷:狭窄的小巷。

⑱腓(féi)字:庇护、爱护。腓,通"庇",庇护。字,爱。

⑲平林:平原上的树林。

⑳覆翼:用翅膀覆盖。

㉑呱(gū):婴儿的哭声。

㉒实覃(tán)实訏(xū):指后稷的哭声又长又洪亮。实,是。覃,长。訏,大。

㉓载路:满路。

㉔匍匐(púfú):手足并行,即爬行。

㉕克:能够。 岐:通"企",举踵。 嶷(nì):通"億",直立。

㉖就:求,指找食物吃。

㉗艺:种植。 荏(rěn)菽:两种作物名。

㉘旆旆(pèi):本意是旗帜飘扬的意思,这里是形容植物枝叶高举盛长的样子。

㉙禾役:禾穗。 穟穟(suì):禾穗下垂的样子。

㉚幪幪(méng):茂盛覆地。

㉛瓜瓞:大瓜小瓜。 唪唪(běng):瓜实丰硕的样子。

㉜穑:本意是收获庄稼,这里指种植五谷。

㉝相:相察。一说助。

㉞茀(fú):通"拂",拔除。 丰草:长得旺盛的草。

㉟黄茂:指长势茂盛,结实金黄的谷种。黄,黄色。茂,美。

㊱方:通"放",指萌芽刚出土。一说通"房",指种壳未裂。 苞:指禾苗丛生。一说茂盛。

㊲褎(xiù):指禾苗渐渐长高。

㊳发:禾茎舒发拔节。 秀:禾初吐穗。

㊴坚:谷粒坚硬。 好:谷粒饱满,结实很好。

㊵颖:禾穗下垂。 栗:谷粒成熟。

㊶即:衍文。 有邰家室:以养家室。邰(tái),通"台",养。

㊷降:降下,指上帝降下好谷种,赐予后稷。

㊸秬(jù):黑黍。 秠(pī):黑黍中的一种,一壳中含有两粒黍米。

㊹穈(mén):谷中的一种,又名赤粱粟。初生时苗赤色,后渐变青。 芑(qǐ):谷中的一种,又名白粱粟。初生时苗色微白。

㊺恒(gèn):通"亘",遍、满。

㊻获:收割。

㊼归:通"馈",给予、赐予。 肇(zhào)祀:开始祭祀。

㊽舂(chōng):用杵在臼中捣米。 揄:从臼中将捣好的米舀出。

㊾簸:用簸箕扬弃糠皮。 蹂(róu):将未能舂脱壳的谷粒,用脚搓。

㊿释:淘米。 叟叟(sōu):淘米声。

㉛丞:通"蒸"。 浮浮:热气上升的样子。

㊵谋惟：指商议祭祀之事。谋，筹划。惟，考虑。
㊶取萧：选取艾蒿。 祭脂：以生肠脂油作祭品。
㊷羝(dī)：公绵羊。 軷(bá)：祭道路之神。
㊸燔(fán)：将肉放在火里烧炙。 烈：将肉串起来架在火上烤。
㊹以兴嗣岁：祈求来年丰收。兴，兴旺，这里作动词。嗣岁，来年。
㊺卬(yǎng)：通"仰"，举。 豆：古代食器。
㊻登：古代食器，盛肉用。
㊼居歆：安享。
㊽胡臭：浓郁的香气。胡，大。 亶(dǎn)时：实在好。亶，确实。时，善。
㊾庶：幸而、庶几。 罪悔：罪过。悔，过失。
㊿迄：至。

回溯我们周人的起源，
那神圣的女祖就是姜嫄。
周人的始祖如何诞生？
因姜嫄能敬奉上帝，祓除了无子的不祥。
她踩着上帝的脚印一起跳舞，
上帝高兴，又与她同住。
她怀了孕，心里戒惧，
后来生下了孩子，这就是先祖后稷。

当到了生育的日期，却生出一个瓜形的肉蛋。
劈不开也砍不破，可是也不见有什么灾难。
这就显示了他的不同凡响。
"难道是上帝不宁，不安于我的禋祭？
居然生下这样的东西！"

当把他扔在狭窄的胡同，
牛羊却躲着不敢踩蹦；
当把他扔在丰茂的森林，
却恰好遇上了伐木的工人。
当把他扔在寒冷的河冰，
却有大鸟飞来将肉蛋温存。
大鸟飞去了，传来后稷的呱呱哭声。
他的哭声又长又高，满路的人都可听清。

他开始匍匐爬行，接着就能举踵立正。
还能找食为生。

他种下了大豆,大豆枝叶飞扬,
禾穗沉沉下垂,麻麦密密层层,
瓜藤果实累累。

当后稷从事农活,有观察的窍门。
他除去丰茂的杂草,种上那黄灿灿的谷种。
于是发了芽,出了一丛小苗。
苗儿粗壮又渐渐长高,
发芽了,抽穗了,粒坚了,长好了。
下垂的谷穗,密密的谷子,
用来养活我们的家室。

于是上帝降下良种,
有单粒和双粒的黑黍,有赤茎和白茎的粟谷。
种上各种黑黍,
就整亩整亩地收获。
种上各种谷子,就怀抱肩荷。
来供开始的大祭。

我们的祭祀怎样进行?
有的舂米,有的舀米,
有的簸米,有的搓米。
叟叟的淘洗,浮浮地蒸馏。
商量好祭祀的步骤,
拿香蒿灌上脂油,拿牡羊祭了道路。
焚烧起香蒿烈火,来祈祷明年的丰收。

高高地供上祭品,盛在了木豆和瓦登。
香味渐渐上升,上帝安然享受供品:
"这香味为什么如此浓烈啊?"
自从后稷开始大祭,幸而没有什么罪悔,
平平安安,以至于今。

公　　刘

题解

这是文献中关于先周历史最为重要的资料,也是《诗经》周族史诗中最重要的一篇,原因在于它记载了周代历史上最大,而且也是最重要的一次民族大迁徙。文字层次井然,气势恢宏。第一章写出发,第二章写视察,第三章写寄寓,第四章写宴饮,第五章写定居,第六章写筑室。

原诗

笃公刘①！匪居匪康②。
乃场乃疆③,乃积乃仓④,
乃裹糇粮⑤,于橐于囊⑥。
思辑用光⑦,弓矢斯张⑧,
干戈戚扬⑨,爰方启行⑩。

笃公刘！于胥斯原⑪。
既庶既繁⑫,既顺乃宣⑬,
而无永叹⑭。陟则在巘⑮,
复降在原。何以舟之⑯？
维玉及瑶⑰,鞞琫容刀⑱。

笃公刘！逝彼百泉⑲,
瞻彼溥原⑳。乃陟南冈㉑,
乃觏于京㉒。京师之野㉓,
于时处处㉔,于时庐旅㉕,
于时言言,于时语语㉖。

笃公刘！于京斯依㉗。
跄跄济济㉘,俾筵俾几㉙,
既登乃依㉚。乃造其曹㉛,
执豕于牢㉜,酌之用匏㉝。
食之饮之㉞,君之宗之㉟。

笃公刘！既溥既长㊱,
既景乃冈㊲。相其阴阳㊳,

观其流泉㊴，其军三单㊵，
度其隰原㊶，彻田为粮㊷。
度其夕阳㊸，豳居允荒㊹。

笃公刘！于豳斯馆㊺。
涉渭为乱㊻，取厉取锻㊼。
止基乃理㊽，爰众爰有㊾。
夹其皇涧㊿，溯其过涧(51)。
止旅乃密(52)，芮鞫之即(53)。

注释

①笃：发语词。一说忠厚。　公刘：后稷的后裔，公是称号，刘是名。

②匪居匪康：当为“彼居匪康”，在那里居住不安宁。康，安。

③乃：于是。　埸（yì）疆：田埂地界。

④积：露天积粮处。　仓：仓库。

⑤裹：包装。　糇（hóu）粮：干粮。

⑥橐（tuó）囊：两种不同的口袋，橐无底，囊有底。

⑦思：想。一说发语词。　辑：和睦、团结。　用光：以显耀。

⑧斯张：乃张，张开，指拉弓。

⑨干戈：盾牌与戈矛，这里泛指兵器。　戚扬：斧钺，小斧大斧。

⑩方：开始。　启行：开路，出发。

⑪于胥斯原：视察胥地。胥，地名。原，视察。

⑫庶、繁：众多的意思。

⑬既顺乃宣：指民心顺畅。宣，舒畅。

⑭永叹：长叹。

⑮陟：登上。巘（yǎn）：大山旁边的小山，这里泛指山。

⑯舟：通“周”，遍，环绕。

⑰瑶（yáo）：似玉的石头，这里指用玉瑶装饰的刀鞘。

⑱鞞琫（bǐng běng）：刀鞘上、下的装饰。　容刀：装着刀。容，容纳、装着。

⑲逝：往。　百泉：地名，在甘肃平凉市境内。

⑳瞻：视察。　溥（pǔ）原：地名，即大原，指今宁夏南部与甘肃东部即固原、平凉、庆阳中间的广大平原。

㉑南冈：当指固原南的山冈。因公刘由北而南迁，故称所遇之山冈为“南冈”。

㉒觏（gòu）：看见。　京：地名，其地当不出古大原的范围。京古与原相通。

㉓京师：京邑。

㉔于时：于是。　处处：止息，居住。

㉕庐旅：寄居。

㉖言言、语语：形容人们迁徙新地之后，笑语欢悦的神情。

㉗依：凭依。

㉘跄跄（qiāng）：步伐快疾的样子。　济济：多而整齐的样子。

㉙俾筵：使铺坐席。俾，使。筵，竹席。　俾几：使设小几。几，古代席地而坐时可依靠的短腿小桌。

㉚登：登上筵席。　依：凭依小几。

㉛造：通告，告诉。　曹：众。

㉜执豕于牢：在猪圈里捉猪。执，捉。牢，关养牲畜的圈。

㉝酌：斟酒。　匏（páo）：葫芦一剖为二，作为酒器。

㉞食（sì）、饮（yìn）：这里用作动词。

㉟君：指为京地君主。　宗：指为宗族之长。

㊱既溥既长：指在京地土地开拓又广又长。既，已。溥，广。

㊲景：通"影"，指考日影以定岁时。

㊳相其阴阳：指考察地理阴阳寒暖，以选择种植之宜。

㊴观其流泉：指察看水的流向，以考虑灌溉之利。

㊵其军三单：即军其三单，开垦京师之野三面的土地。军，通"均"，又作垦。单，通"辟"，野土。

㊶度：测量，考察。　隰（xí）原：低湿曰隰，高平曰原。

㊷彻田：开垦田地。

㊸度其夕阳：指人口发展，移居于山之西。度，通"宅"。

㊹豳居允荒：在地域开拓中发现了更为广大的豳地。豳，地名。居，语助词，相当于"其"。允，实在，确实。荒，广大。

㊺馆：这里作动词，建筑馆舍。

㊻渭：水名。　乱：横流而渡。

㊼厉：通"砺"，磨刀石。　锻：冶炼金属的原料。

㊽止基：通镃镇、镃基、兹基，即锄。　理：治成。

㊾众：人多。　有：财富。

㊿夹：指夹岸而居。　皇涧：豳地涧名。

(51)溯：面向。　过涧：豳地涧名。

(52)止旅：止居。　密：密集。一说安定。

(53)芮：通"汭"，水名。　鞫（jú）：究，指穷尽之处。一说水内曲为芮，外曲为鞫。　之即：是就，即就芮水尽头而居的意思。

诗意

啊，公刘！
那里居住不安康。
于是整地修好田疆，于是积蓄充实粮仓，
于是包好行路的干粮，装满了小袋与大囊。
组织族人争取民族的荣光。
带上弓，搭上箭，
干、戈、戚、扬，全副武装，

于是启程开往远方。

啊,公刘！在胥地停留察看。
人既多事情又繁杂,却心情宣达舒畅,
听不到任何的悲叹。
他有时登上小山,有时又下到平川。
他身上带着什么？系着玉石和琼瑶,
还有玉饰的佩刀。

啊,公刘！他走到了百泉,
看到了广阔的溥原。
于是登上了南冈,发现了叫京的地方。
在那京师的野地,
于是停下,于是安居,
于是商量,于是合计。

啊,公刘！在京师安家定居。
大伙儿拥拥挤挤,在这里设下了筵席,
请他上坐就几。
于是又告给伙计,从圈里牵出猪羊,
用匏盛上甘美的酒浆。
大伙向他敬食敬酒,并尊他为周族的尊长。

啊,公刘！他的土地既广又长,
观察日影上山冈。
相察了山的阴阳,观看了水的流向,
开垦了京野的三面,测量了洼地平原。
治土田,种食粮,度量了山西的地方,
又发现豳地确实更宽广。

啊,公刘！来到豳地建筑房屋。
横渡渭河采取石料,取回了砺石和锻石,
治成了石器农具,人口增多财物富裕,
于是夹着大涧就居,对着过涧居住。
定居的人越来越多,汭水的尽头也有了住户。

◎周 颂

载 芟

题解

这是一篇春耕祭社稷歌。因为春天祭祀社稷神,所以诗中描写春耕,而及于秋后的丰收。

原诗

载芟载柞①,其耕泽泽②。
千耦其耘③,徂隰徂畛④。
侯主侯伯⑤,侯亚侯旅⑥,
侯彊侯以⑦。有嗿其馌⑧,
思媚其妇⑨。有依其士⑩,
有略其耜⑪,俶载南亩⑫。
播厥百谷,实函斯活⑬。
驿驿其达⑭,有厌其杰⑮。
厌厌其苗⑯,绵绵其麃⑰。
载获济济⑱,有实其积⑲,
万亿及秭⑳。为酒为醴㉑,
烝畀祖妣㉒,以洽百礼㉓。
有飶其香㉔,邦家之光。
有椒其馨㉕,胡考之宁㉖。
匪且有且㉗,匪今斯今㉘,
振古如兹㉙!

①芟(shān):除草。 柞(zé):伐木。
②泽泽:通"释释",土块疏松的样子。
③耦(ǒu):二人并耕。 耘(yún):除草。
④徂(cú):往。 隰(xí):低湿之地,即指田地所在。 畛(zhěn):田畔路径。
⑤侯:语助词。 主:君主。 伯:伯爵。
⑥亚:亚大夫。 旅:旅大夫。

⑦侯疆侯以:即乃疆乃理,一起整理这地界田埂。
⑧喷(tǎn):众人吃食的声音。 馌(yè):送到地头的饭菜。
⑨思:发语词。 媚:美。一说讨好,调情。
⑩依:通"殷",壮盛,这里指小伙子强壮。
⑪略:形容犁头锋利的样子。 耜(sì):犁头。
⑫俶:开始。 载:耕作。
⑬实函斯活:指种子饱含生机。实,种子。函,含。斯,语助词。活,生机。
⑭驿驿(yì):接连不断的样子。 达:指禾苗破土而出。
⑮厌:形容苗的茁壮。 杰:特殊。最先长出的苗。
⑯厌厌:禾苗整齐茂盛的样子。
⑰绵绵:茂密的样子。一说连绵不断的样子。 穮(biāo):幼苗。
⑱载获:于是收获。载,乃,于是。 济济:人多的样子。
⑲有实:实实,充实的样子。一说广大的样子。 积:堆积。
⑳秭(zǐ):万亿。
㉑醴(lǐ):甜酒。
㉒烝畀(bì):献给。 祖妣(bǐ):祖先。
㉓洽:配合。
㉔苾(bì):这里指祭品的芬芳。
㉕椒:椒酒。 馨:这里指酒味醇香。
㉖胡考:高寿,指老年人。
㉗匪且有且:非此有如此之事。且,此。
㉘匪今斯今:非今年才这般。
㉙振古如兹:自古如此。振古,自古。

除去野草,拔去树根,
耕地发出霍霍的响声。
黑压压的一片并肩耕耘,
从新的低地到旧的高垅。
有君主,有伯爵,有亚大夫,有旅大夫,
一起整理这地界田埂。
大伙儿呼呼地吃着地头野餐,
还和那送饭的妇女说笑调情。
强壮的小伙子,锋利的犁头,
第一犁播在南亩的田头。
播下那百谷的种子,种子充满生机。
一株株禾苗破土而出,
数那先出的最为美好。
齐齐整整长成一片,

密密麻麻是绿油油的幼苗。
农夫们为收获奔忙,金黄的谷子堆满谷场,
是千亿,是万亿,难以计算。
酿出香甜的美酒,献给先祖和先妣,
以配合祭祀的百礼。
祭筵上的供品多么芳香,是我们邦家的荣光。
醉人的椒酒满堂飘香,白发老人欢乐安康。
并非这里如此啊,并非今年才这般,
自古以来就是这样!

◎ 附　录

《诗经》名言警句

△关关雎鸠,在河之洲。窈窕淑女,君子好逑。(《周南·关雎》)(第 001 页)
△桃之夭夭,灼灼其华。(《周南·桃夭》)(第 004 页)
△有女怀春,吉士诱之。(《召南·野有死麕》)(第 013 页)
△耿耿不寐,如有隐忧。(《邶风·柏舟》)(第 015 页)
△我心匪石,不可转也。我心匪席,不可卷也。(《邶风·柏舟》)(第 015 页)
△之子于归,远送于野。(《邶风·燕燕》)(第 018 页)
△瞻望弗及,伫立以泣。(《邶风·燕燕》)(第 018 页)
△死生契阔,与子成说。执子之手,与子偕老。(《邶风·击鼓》)(第 021 页)
△宴尔新昏(婚),如兄如弟。(《邶风·谷风》)(第 027 页)
△我躬不阅,遑恤我后!(《邶风·谷风》)(第 027 页)
△式微,式微,胡不归?(《邶风·式微》)(第 030 页)
△静女其姝,俟我于城隅。爱而不见,搔首踟蹰。(《邶风·静女》)(第 032 页)
△相鼠有皮,人而无仪。人而无仪,不死何为?(《鄘风·相鼠》)(第 039 页)
△女子善怀,亦各有行。(《鄘风·载驰》)(第 040 页)
△手如柔荑,肤如凝脂,领如蝤蛴,齿如瓠犀,螓首蛾眉,巧笑倩兮,美目盼兮。(《卫风·硕人》)(第 043 页)
△女也不爽,士贰其行。士也罔极,二三其德。(《卫风·氓》)(第 046 页)
△信誓旦旦,不思其反。(《卫风·氓》)(第 046 页)
△自伯之东,首如飞蓬。岂无膏沐,谁适为容!(《卫风·伯兮》)(第 051 页)
△投我以木桃,报之以琼瑶。(《卫风·木瓜》)(第 053 页)
△知我者谓我心忧,不知我者谓我何求。(《王风·黍离》)(第 055 页)
△君子于役,不知其期。(《王风·君子于役》)(第 056 页)
△彼采萧兮,一日不见,如三秋兮!(《王风·采葛》)(第 062 页)
△有女同车,颜如舜华。将翱将翔,佩玉琼琚。(《郑风·有女同车》)(第 069 页)
△子惠思我,褰裳涉溱。子不我思,岂无他人?(《郑风·褰裳》)(第 072 页)
△风雨如晦,鸡鸣不已。既见君子,云胡不喜?(《郑风·风雨》)(第 075 页)
△青青子衿,悠悠我心。纵我不往,子宁不嗣音?(《郑风·子衿》)(第 076 页)

△出其东门,有女如云。虽则如云,匪我思存。(《郑风·出其东门》)(第078页)

△析薪如之何?匪斧不克。取妻如之何?匪媒不得。(《齐风·南山》)(第084页)

△不稼不穑,胡取禾三百廛兮?不狩不猎,胡瞻尔庭有县狟兮?(《魏风·伐檀》)(第094页)

△硕鼠硕鼠,无食我黍。(《魏风·硕鼠》)(第096页)

△逝将去女,适彼乐土。(《魏风·硕鼠》)(第096页)

△今夕何夕?见此良人。子兮,子兮,如此良人何?(《唐风·绸缪》)(第102页)

△蒹葭苍苍,白露为霜。所谓伊人,在水一方。(《秦风·蒹葭》)(第110页)

△如何如何?忘我实多!(《秦风·晨风》)(第114页)

△彼泽之陂,有蒲与荷。有美一人,伤如之何。寤寐无为,涕泗滂沱。(《陈风·泽陂》)(第125页)

△七月流火,九月授衣。(《豳风·七月》)(第134页)

△我徂东山,慆慆不归。我来自东,零雨其濛。(《豳风·东山》)(第141页)

△呦呦鹿鸣,食野之苹。我有嘉宾,鼓瑟吹笙。(《小雅·鹿鸣》)(第146页)

△兄弟阋于墙,外御其务。(《小雅·常棣》)(第148页)

△伐木丁丁,鸟鸣嘤嘤。出自幽谷,迁于乔木。(《小雅·伐木》)(第150页)

△昔我往矣,杨柳依依。今我来思,雨雪霏霏。(《小雅·采薇》)(第153页)

△未见君子,忧心忡忡。(《小雅·出车》)(第156页)

△春日迟迟,卉木萋萋。(《小雅·出车》)(第156页)

△鹤鸣于九皋,声闻于野。鱼潜在渊,或在于渚。(《小雅·鹤鸣》)(第161页)

△他山之石,可以为错。(《小雅·鹤鸣》)(第161页)

△他山之石,可以攻玉。(《小雅·鹤鸣》)(第161页)

△取彼谮人,投畀豺虎。豺虎不食,投畀有北。有北不受,投畀有昊。(《小雅·巷伯》)(第171页)

△哀哀父母,生我劬劳。(《小雅·蓼莪》)(第173页)

△溥天之下,莫非王土。率土之滨,莫非王臣。(《小雅·北山》)(第176页)

△既见君子,其乐如何!(《小雅·隰桑》)(第181页)

《诗经》主要版本

1.《毛诗正义》四十卷

汉毛亨传、郑玄笺,唐孔颖达疏。有同治十一年刊《毛诗诂训传笺》,有十三经注本及四部丛刊本。

2.《韩诗外传》六卷

汉·韩婴撰,有明嘉靖初年金石汪谅刊本及嘉靖己亥历下薛来刊本。

3.《毛诗本义》十六卷

宋·欧阳修撰,有通志堂本,内有诗谱一卷。昭文张氏有明刊本,较通志堂本完善。

4.《诗集传》二十卷

宋·朱熹撰,附诗序辨一卷。有清光绪二十一年湖北官书处刊本,另有通行本。

5.《诗缉》三十六卷

宋·严粲撰,有嘉庆刊本、光绪十六年刊本、清钞本。

6.《诗考补》二卷

宋·王应麟撰,清胡文英增订。有乾隆四十九年刊本。

7.《毛诗古音考》五卷

明·陈第撰,有乾隆三十二年刊本。

8.《诗说解颐》四十卷

明·季本撰,凡总论二卷,正释三十卷,字义八卷,有明刊本、明钞本。

9.《毛诗名物图说》九卷

清·徐鼎撰,有乾隆三十六年刊本。

10.《读诗释物》二十一卷

清·方殒撰,有道光四年刊本。

11.《毛诗故训结定本小笺》三十卷

清·段玉裁撰,有嘉庆二十一年刊本。

12.《毛诗稽古编》三十卷

清·陈启源撰,此书坚持古义,不容一语之出入。有嘉庆十八年庞氏刊本及阮刻经解本。

13.《诗毛氏传疏》三十卷

清·陈奂撰,附毛诗音四卷,毛诗说一卷,毛诗传义类一卷,郑氏笺考证一卷,有道光二十七年苏州刊本。

14.《诗义补正》八卷

清·方苞撰,有光绪三年刊本。

15.《诗经通论》十八卷

清·姚际恒撰,有道光十七年铁琴山馆刊本。

16.《诗经补义》二十卷

清·王闿运撰,有光绪丙午东州讲舍刊本。

17.《毛诗补正》二十五卷

清·龙起涛撰,有光绪二十六年刊本。

18.《古韩诗说证》九卷

清·宋绵初撰,翁方纲、陈启源批注。有乾隆五十四年述古堂刊本。

19.《古诗微》二卷

清·魏源撰,有道光间刊本及光绪十一年刊本。

20.《诗三家义集疏》二十八卷

清·王先谦撰,有民国四年刊本。

《诗经》重要研究著述

一、著作部分

谢无量《诗经研究》

商务印书馆1923年出版。

朱自清《诗言志辨》

开明书店1947年版。

吴闿生《诗义会通》

中华书局1956年版。

王力《诗经韵读》

上海古籍出版社1980年版。

朱东润《诗三百篇探》

上海古籍出版社1981年版。

于省吾《泽螺居诗经新证》

中华书局1982年版。

夏传才《诗经研究史概论》

中州书画社1982年版。

赵沛霖《诗经研究反思》

天津教育出版社1989年版。

叶舒宪《诗经的文化阐释》
湖北人民出版社1994年版。

刘毓庆《从经学到文学——明代〈诗经〉学史论》
商务印书馆2001年版。

二、论文部分

顾颉刚《论诗经所录全为乐歌》
《北京大学研究所国学门周刊》1925年第10—12期。

闻一多《诗经的性欲观》
《时事新报·学灯》1927年2月

朱东润《诗三百篇成书中的时代精神》
《国文学刊》第45期,1946年7月。

夏承焘《"采诗"和"赋诗"》
《中华文史论丛》第一辑,1962年版。

余冠英《关于"改诗"问题》
《文学评论》1963年第1期。

阴法鲁《诗经乐章中的"乱"》
《北京大学学报》1964年第3期。

萧兵《姜嫄弃子为图腾仪式考》
《南开大学学报》1978年第4—5期合刊。

刘毓庆《商颂非宋人考》
《山西大学学报》1980年第1期。

程俊英《论徐光启的诗经研究》
《中华文史论丛》1984年第3期。

图书在版编目（CIP）数据

诗经/程燕青译注. —2版. —太原：三晋出版社，2008.4（2024.5重印）

（中国家庭基本藏书·诸子百家卷）

ISBN 978-7-80598-916-7-01

Ⅰ.诗… Ⅱ.程… Ⅲ.①古体诗—中国—春秋时代②诗经—译文③诗经—注释 Ⅳ.I222.2

中国版本图书馆CIP数据核字（2008）第054770号

诗　经

译 注 者：程燕青

责任编辑：朱慧峰	审 订 者：朱慧峰
封面设计：敬人工作室	版式设计：敬人工作室
责任校对：朱慧峰	责任印制：李佳音

出版发行：山西出版集团·三晋出版社
地　　址：太原市建设南路21号
电　　话：（0351）4956036（咨询）　4922268（邮购）
传　　真：（0351）4922102
网　　址：www.sxskcb.com
邮　　编：030012

印刷装订：山西新华印业有限公司
（本书如有破损、缺页、装订错误，请与本社联系调换）

开　　本：787mm×960mm　　1/16
字　　数：240千字
印　　张：14
版　　次：2008年4月第2版
印　　次：2024年5月第2次印刷
书　　号：ISBN 978-7-80598-916-7-01
定　　价：54.00元

版权所有，翻印必究。本书图文未经书面授权，不得以任何方式转载或公开发表。